天星诗库·新世纪实力诗人代表作

刘立云 著

金盔

刘立云诗选 1984—2019

山西出版传媒集团　北岳文艺出版社
· 太原 ·

图书在版编目（CIP）数据

金盔：刘立云诗选1984—2019 / 刘立云著. —太原：北岳文艺出版社，2020.1
　ISBN 978-7-5378-6037-6

Ⅰ.①金… Ⅱ.①刘… Ⅲ.①诗集－中国－当代 Ⅳ.①I227

中国版本图书馆CIP数据核字（2019）第233535号

金盔
刘立云◎著

出品人
续小强

选题策划
刘文飞

责任编辑
刘文飞

书籍设计
张永文

印装监制
郭勇

出版发行：山西出版传媒集团·北岳文艺出版社
地址：山西省太原市并州南路57号　邮编：030012
电话：0351-5628696（发行部）　0351-5628688（总编室）
传真：0351-5628680
网址：http://www.bywy.com　E-mail：bywycbs@163.com
经销商：新华书店
印刷装订：山西人民印刷有限责任公司
开本：787mm×1092mm 1/32
字数：264千字
印张：11
版次：2020年1月第1版
印次：2020年1月山西第1次印刷
书号：ISBN 978-7-5378-6037-6
定价：59.80元

本书版权为本社独家所有，未经本社同意不得转载、摘编或复制

天星诗库·新世纪实力诗人代表作

刘立云 著

金盔

刘立云诗选 1984—2019

山西出版传媒集团 北岳文艺出版社
·太原·

图书在版编目（CIP）数据

金盔：刘立云诗选1984—2019 / 刘立云著.—太原：
北岳文艺出版社，2020.1
　　ISBN 978-7-5378-6037-6

Ⅰ.①金… Ⅱ.①刘… Ⅲ.①诗集-中国-当代
Ⅳ.①I227

中国版本图书馆CIP数据核字（2019）第233535号

金盔
刘立云◎著

出品人
续小强

选题策划
刘文飞

责任编辑
刘文飞

书籍设计
张永文

印装监制
郭勇

出版发行：山西出版传媒集团·北岳文艺出版社
地址：山西省太原市并州南路57号　邮编：030012
电话：0351-5628696（发行部）　0351-5628688（总编室）
传真：0351-5628680
网址：http://www.bywy.com　E-mail：bywycbs@163.com
经销商：新华书店
印刷装订：山西人民印刷有限责任公司
开本：787mm×1092mm 1/32
字数：264千字
印张：11
版次：2020年1月第1版
印次：2020年1月山西第1次印刷
书号：ISBN 978-7-5378-6037-6
定价：59.80元

本书版权为本社独家所有，未经本社同意不得转载、摘编或复制

目录

辑一 | 方阵　1998—2019

002　火焰之门
003　梅，或者赞美
005　为风暴而生
006　重　量
007　在广场上小坐片刻
011　致　敬
013　相　遇
015　内心呈现：剑
017　服　从
019　歌，或者赞美
021　挖　掘
023　想象被子弹击中
025　沿方位角行进
027　闲暇时数数子弹

029　两眼余光
031　三个中国军人,三个中国农民的儿子
034　烤　蓝
036　火器营
039　热爱这支枪
043　履带碾过原野
045　高　地
047　河流的第三条岸
048　玻　璃
050　高傲之心
052　金左脚
054　在心里养一只虎

辑二 | 营盘　1990—2017

058　白岩石的群山
066　十二枚钉子
068　步兵们
070　降　落
073　开放日
076　紫荆花臂章
078　添马舰
080　一只苹果
083　三个女兵
085　晚风徐徐吹来
087　青岛兵杜立明

090　无名无姓

092　击　鼓

094　一个士兵的二十四小时

098　放牛班的春天

101　分离时刻

103　剪裤腿的人

106　记一堂军事课

109　第一次手枪射击

111　一座兵营空了

115　望着这些新兵

118　将军合唱队

120　回到队列中

123　堆满银子的地方

125　七号界碑

127　三亩江南

129　雪山上的三匹狗

132　慕士塔格峰

133　四十二年那么厚的一种钢铁

135　路过一幢军事大楼

辑三 | 高处 1992—2019

138　持枪者总在高处行走

140　升　腾

142　兵指楼兰

144　圆明园日记

146　打铁的　铁打的
150　到山顶去歌唱
153　偏　师
159　养在肺里的弹片
162　钢盔上的弹洞
164　哎呀嘞……
167　战争喜剧
170　谢　幕
172　轮　椅
174　落区，落区
178　听某老将军回顾抗战
180　同床共眠
182　紫荆关
184　在欢呼的人群中
186　赵一曼女士
191　火焰：391高地
193　一个人和一面碑
198　溇陂记
200　花茂村的一堵老墙
202　青杠坡
208　从苟坝带回一盏灯

辑四 | 芳华　1987—2002

212　军车驰过麦地
214　雨季来信

216	大　雨
218	他们的名字
220	凝　望
222	梦中的女友
224	掩　体
226	烟的滋味
228	女记者
230	月下酒
232	纵深地带
234	硝烟散去之后
237	流弹意识
240	最后的高地
242	我看见战区的耗子
243	停战消息
246	告别堑壕
248	零点归来
250	寂　寞
252	有关水的传说
254	黑罂粟
257	望星空
259	独　语
261	风说你要来
263	墓志铭
265	四月五日纪事
267	安魂曲
269	活到黎明

辑五 | 长歌(三首长诗)1995—2017

272　　黄土岭

290　　金山岭

303　　上甘岭

代后记 | 回望一场战争

335　　回望一场战争

辑一 | 方阵 1998—2019

火焰之门

必须俯首倾听！必须登高望远
必须在反复的假想和模拟中
保持前倾的姿势；必须锋芒内敛
并把手深深插进我祖国的泥土

每天到来的日子是相同的日子
没有任何征兆，呈现出平庸的面孔
而每天磨亮的刀子却荡开亲切的笑容
必须把目光抬升到鹰的高度

然后请燃烧，请蔓延吧，火焰！
请大风从四方吹来，打响尖厉的呼哨
而我就埋伏在你脚下，一种伟大的力
如一张伟大的弓，正被渐渐拉开

那时即使依恃着钢铁，即使依恃着
我身后优美的山川、河流和草原
我也将在火焰中现身，展开我的躯体
就像在大风中展开我们的旗帜

1998 年 2 月 18 日 北京

梅,或者赞美

我的兄长把手举上天空
我的父亲把手弯下大地
最高处才是我爷爷,他用
一生的力气,把手攥紧
又用一生的力气,把手绽开
梅,是从他骨节粗大的
手掌里,迸出的火焰

我自然还小。我四十岁的手
只配浸在春天的雪水里
慢慢地泡;只配伸进夏天的
烈火中,狠狠地烤
我四十岁,嘿!我还年轻
刚攀到秋天;我的目标
是跑进冬天,接近冰冷的铁

喂,俗不俗啊,还未分出性别
你们就喊他白雪的妹妹
姓一分温柔,便疑为佳人?

着一袭红衣,便忙递殷勤?
俗不俗啊,先摸摸他
昂起的脖子吧,在那儿
还挺着个硬硬的喉结呢

正是这样。这就是我的梅!
我兄长的梅!我父亲的梅!
只有我爷爷的梅开过了
开过了他就把自己埋在梅树下
就像那个凶悍的哥萨克
打完仗,带着满身的伤痕归来
然后把枪,扔进静静的顿河

1998年2月28 北京北太平庄

为风暴而生

佩戴太阳的盔甲,深藏月光的潮水
我的狂野来自于我生命的纯粹
而我小小的心,是一只辛勤的血泵
永远在轰鸣!过滤尽血中的杂质

把歌像雷那样喊出来,把苦像酒那样
喝进去;让眼睛长出牙齿,让双脚
长出大树的根须,继而昂起高贵的头颅
让我,在阳光下开出一朵灿烂的金葵

当铜质的雨打在我铜铸的胸膛上
那时请倾听!那时将有一双手在我
身体的防区,弹响二十四只琴键
那时,你将听见一座大海在咆哮

是的。我就是为风暴而生的!也将为
风暴而死,就像节日里升起的礼花
总是在最高处绽开,又总是在最高处凋谢
把生命中最美的部分,呈献给天空

2000 年 4 月 14 日 北京白石桥

重　量

假如我落在草丛里
能不能像露珠那般轻盈
假如我落在高山上
能不能像岩石那般沉重
假如我落在大海里呢
我是说，假如我是一滴水
一滴小小的透明的水
落在大海里，能不能称出
一座大海的重量？

事情就这样简单
当我和青草连在一起
当我和高山连在一起
当我和茫茫大海中
小小的一滴水连在一起
我几乎每天都在掂量
当我悄然落下，我应该是
怎样的轻？怎样的重？

2001年1月6日 北京

在广场上小坐片刻

从密集的人群中穿过
在广场上小坐片刻
我甚至已淡忘
我从哪里来,要到哪里去
这就像我在一个冗长的语句中
盘桓已久,之后
颓然坐在一个逗号上
略作停顿

广场上有无数条腿在移动
踏出流水的声音
也有人像我这么坐着
目光长久地停留在某个地方
看不出有多么深邃
也说不上有多么茫然
这时我发现有两个法国女人
就坐在我身边
各披着一匹阳光的瀑布
两根尖尖的手指,夹着一根

雪白的香烟
那弓起手指弹动烟灰的姿势
让人想起一则广告
我听见她们在随意交谈
有一搭没一搭
就像两只鸽子在咕咕低语
（我承认，在那一瞬间
我忽然有点心动过速）
我在想，这两个法国女人
这两个尤物，她们用
两根尖尖的手指夹着的
是一条多么美丽的
塞纳河啊

这是座胸襟宽阔的广场
吞吐过许多人的脚印
我在偶尔抬头的时候
才发现
在我的左边
站着一面肃穆的纪念碑
在我的右边
立着一根高高的旗杆
旗杆上的旗帜在哗哗飘扬
这使我看到，在广场上空
有风吹过，有鸟飞过

再往上看，在淡淡的云彩里
堆满了大地的灰烬

在广场上小坐片刻
仅仅小坐片刻
在这里几乎没有人会认出我
我也不必为突然遭遇某一张脸
而紧急调动表情
在广场上坐着，我感到我
太普通了，甚至有一种
被淹没、被埋葬的快感
在广场上坐着，就像
一根青草，我放心地
打开自己，让皮肤大胆地
把阳光
像雨水那样吸进去

大理石垒筑的广场
几代人走过的广场
现在是人们散步的地方
倾吐的地方；也是老人们
怀旧和放风筝的地方
再就是像我这样的行人
在偶尔路过时逗留的地方
在广场上小坐片刻

这使我看见我热爱的人民
他们脸色模糊，但异常平静
我想一定有一种什么力量
让他们的脚步像弹簧那样
从容地弹了起来

而我
就坐在他们中间！

2001年9月6日 北京

致 敬

致敬从审视我们的内心开始
从推倒我们四周的栅栏开始
这就像秋天举起它最重的
一枚桃子,芳香四溢
运来大地最深沉的呼吸

把我们的脚扎进日月,站成一片
森林,一座广场,一个高崇的国度
让阴影针插不进,水泼不进
犹如高举的铁,坚持在日暑的中央
为阳光劈开一条黄金水道

谁在用身体说话?谁暗自拉开
欲望的抽屉,在清点暗藏的伤口?
斩断多余的手!用你唯一剩下的那只
在生命的最高处,垂直起落
拉近地狱和天堂的距离

看啊!有这么多的花瓣,堆在

我们的脚下，有这么多轰轰隆隆的马车
为我们运送来天上的雨水，那么
致敬！让我们在荆丛中列队，就像一排
闪光的乐器，等待神来吹奏

2002 年 11 月 15 日 北京

相 遇

爱我吧！用你野草中的刺
用你沸腾的荆棘，用你悬崖上崚嶒的
锋面和锐角，用你从地心深处
汹涌喷射的岩浆和烈火

爱我吧！用你阳光的瀑布
用你风暴的巨斧，用你十二月冰冷的
鞭子和刀刃，用你的沼泽和莽原
在黑暗中共谋的诡计与陷阱

或者把我扔进沙漠，扔进赤地千里的
沙漠，不给我一片绿阴，一滴水
但你必须给我两座驼峰，然后让我
在苍茫中颠踬，一步一呻吟

或者把我逼入虎穴，用饥饿来
折磨我，用血腥来撩拨我
然后让我在仓皇的躲闪和凶猛的反扑中
绝处逢生，吼出血中的暴力

爱我吧，爱我吧！我是说你必须趁着我
还年轻，必须趁着我在被狮子扑倒的时候
还能像一头豹子那样
翻身而起，然后再扑上去咬住对方的咽喉

2003年4月9日 北京白石桥

内心呈现：剑

我要让一个身穿白袍的人
住在我的身体里
我要让他怀剑，如天空怀着日月
大地怀着青山和江河
如果我豪气逼人，在旷野上
大步行走，那么请原谅
这是住在我身体里的那个
身穿白袍的人，在行走
是他身怀的剑在行走

住在我的身体里
那个怀剑的人，是个简单的人
从容的人，徒步的人
白衣飘飘，身背芒刺和积雪
他须发丛生的脸颊
习以为常的沉默和坚忍
让他怀着的剑
藏得更深，如初孕的母亲藏着胎儿
谁都知道血是滚烫的
不容打破缺口，不容挥霍
而他的剑却渴望豪饮

必须按住它的杀机!

但那个身穿白袍的人
那个怀剑的人,住在我的身体里
我和他,我们一生的努力
一生的隐忍和等待
就是护卫这把剑的光芒
让它灵醒的,如霜如雪的锋刃
在静夜,时刻鸣嘤和颤动
毕竟天性难违啊
一把剑,当你从怀里拔出来
如果不能削铁如泥
不能像江河那样发出咆哮
请问,那还是剑吗?

在祖国的大地上行走
我很高兴一个怀剑的人
能住在我的身体里
我很高兴我成为这个人和这把剑
共同的知己,和共同的鞘
我很高兴,当我最外面的皮肤
被另一把剑戳穿
那股金子般的血,将溅红
我身体里的那件白袍

2005 年 12 月 1 日　北京南沙滩

服　从

> 他是个小伙子，英姿矫矫
> 佩带手枪和暗淡的金纽扣
> 走路时一派大丈夫风度
> 那头盔却是个闪光的射击目标
> 　　　　　　——埃利蒂斯《英雄挽歌》

那人血脉偾张心跳强劲像剧烈的槌
在咚咚地敲击脚下的大地
如我。那人眼睛漆黑鼻梁挺拔
一张英俊的脸，就像八月熟透的葵盘
也如我。那人皮肤……还如我

我是沿着标尺、准星和他那颗头颅
这射击要领中的三点一线
看见他的；我甚至看见了他上下滑动的喉结
看见了他薄薄的嘴唇上一根一根
纤纤的绒毛，就像刚刚返青的小草

他当然也在同一个距离，同一条射线上

看我,同样也看见了我的喉结
看见了我像小草一样刚刚返青的那层绒毛
我看见他笑了一下,又笑了一下
那种孩子般的纯真,几乎让我沉醉

只有等待,耐心地等待,冷静地等待
我告诉我自己:我要让我手里的枪
服从我的手指;我要让我的手指
服从我的心脏。我还要让枪膛里卧着的子弹
服从气候、弹道和大地的引力……

这些都是我们应该做的,必须做的
我知道我和他都热爱生命
都想获得功勋、荣誉和鲜花
这时,你即使给我们一个针眼,我们也要
从这个针眼里,勇敢地穿过去

我和那人只能这样用枪口
相互套牢,连气都不敢喘,连眼睛都不眨一眨
我们甚至在相互致敬;但结局却是
谁能够活下来,谁就是英雄
谁一旦倒下去,谁就成为烈士

2005年12月2日 北京平安里

歌，或者赞美

唱个歌吧！在队列里，在行进的大道上
一堆火就这样燃烧起来；一条大河
就这样奔涌起来；一阵阵雷霆
就这样轰鸣起来，震荡起来，山呼海啸起来
唱个歌吧！兵心似铁，歌如炉

此歌非彼歌，这是需要特别强调的
就像我们必须特别强调
你无须字正腔圆，无须柔肠寸断
但这样的歌唱起来，你必须青筋暴跳
必须血脉偾张，直至嘶哑

就像一座山怒吼着，咆哮着
撞向另一座山；就像一群烈马撒开四蹄
在原野上狂奔，踏起漫天烟尘
就像德沃夏克用重槌和弓弦，用震颤世界的
铜号，喊醒一片沉睡的大陆

而在歌声中沉浮，在歌声中站立和行进

你是幸福、快乐和勇猛的
因为你正被一种力量提升和融化
当你打开喉咙，其实就是打开生命的
阀门，让热血如大河放纵奔流

也许这是最后的时刻，旗帜上满是弹洞
鲜血就像溃堤那样喷涌而出
我们说唱支歌吧
这时这支歌就成了我们最后的堡垒
成了我们用身体射出的，最后一粒子弹

2007 年 10 月 28 日 南沙滩

挖 掘

挖掘是必要的,而且是必须的
十八九岁的士兵,你要从浓烈的血液中
从粗壮坚硬的骨骼中
从山岳般渐渐隆起和鼓胀的肌肉中
狠狠地挖,狠狠地挖

就像去年夏天我们挖那道堑壕
烈日当空,那么坚固的岩层,那么沉重的镐
但只要挖下去,狠狠地挖下去
那些石头便会啪的一声
在铁镐下裂开,像裂开一个秘密

现在我们要在自己的身体里挖掘
我说过这是必须做的,因为那儿也有覆盖着的草
也有横亘的顽石和盘根错节的树苑
你就狠狠地挖吧,挖吧
你挖得多狠,就能聚集多大的膂力

例如在寒冷中,你要挖出火焰

温暖渐渐冻僵的四肢；在喋血的厮杀中
生生死死的搏斗中，你要挖出铁
然后像铁那样飞出去
割断对手的咽喉

当你浑身在哆嗦，双脚像雪一样融化
你要挖出一腔怒吼
用一腔灼烫的血，映红天地
那时就像打开一座火山，你就喷涌吧，呼啸吧
你生命的奇迹将像花一样绽开

是啊，十八九岁的士兵，正是
挖掘的时光，一日长于百年的时光
你必须狠狠地挖，狠狠地挖
许多年后你将发现，那些年从你身体里挖出的
每一块都是金子，闪闪发光

2007 年 11 月 8 日　北京南沙滩

想象被子弹击中

无须回避　那张用密集子弹编织的网
在未来　肯定会在某条峡谷
或者某片开阔地
等待我们
当我们端着枪发起冲锋
如同一粒粒豆子　被战争的手
漫山遍野地撒出去
那时　谁能保证不被一颗子弹击中？

那时候我们真会像一粒粒豆子
被火焰的热锅炒得噼噼啪啪蹦起来
然后天在转　地也在转
脚下像踏着一片海水
往下沉
一股股的血从身体的某个部位
喷涌而出　如惊涛拍岸

必须有这样的准备！要不
为什么称我们战士

——战斗的战

烈士的士？因为我们是一片绿油油的庄稼

被整齐地栽种在一块地里

总是在生长到最粗壮　最旺盛之时

面临刈割。那时你能做到

而且必须做到的　就是

向前仆倒　把背影留给灿烂的天空

这情景多年前我曾亲眼见过

至今仍让我感到震撼

那是一大片墓碑

威严齐整　在开阔的天空下闪闪发光

请原谅我说不出他们的名字

但我记得他们的年龄

记得墓碑上

全都刻着——

十七岁　十八岁　十九岁……

2008年1月11日 北京平安里

沿方位角行进

过程就这么简单　作战部用一把尺子
把出发和抵达　压缩成两个点
再画出一条长长的线
接着啪的一声　投下一支部队
就像聂卫平在棋盘上
啪的一声　落下一枚白子或黑子

剩下的就是我们的事了！因为我们
就是这一枚枚白子或黑子
棋盘上密布山冈　谷地　沙漠　沼泽
莽莽苍苍的原始森林
和无数条暴吼的河流　且无船
无渡　无桨　无向导指路
更有人骚扰和偷袭　把你往死里追赶
让你走投无路　插翅难飞

而且必须日夜兼程　必须风餐露宿
必须像闪电那样　瞬息即逝
不留下任何一个脚印　必须像一阵隐形的风

侧身从大地的缝隙　神经的末梢
吹过　不允许碰落一颗露珠
但对于悬崖　对于酷热与寒冷　对于
铁锁铜关　和崩溃而来的打击
又必须是一把斧头　劈下去火光四溅

沿方位角行进　方位是最重要的
像仪器般精确是最重要的
而你的方位　在夜晚
是天上闪耀的星星　在阴天　雨天　雪天
是阳光和月光的足迹　山石的
苔痕　沿方位角行进
一支部队隐蔽的走向
很可能就是一场战争的走向

就是藏起你的刀锋　你险恶的企图
神出鬼没　像柄短剑那样插出去

2008年1月14日　北京平安里

闲暇时数数子弹

最优美的身子与最狂野的心脏
结合在一起
这就是竖在我面前的子弹

我在看着这些子弹,数着这些子弹
我把配发给我的十粒子弹
弹头朝上,一粒一粒竖起来
像队伍那般排列起来
认真地数,仔细又反复地数
我想每粒子弹其实都是
一只鸟
一生仅能鸣叫一次,飞翔一次
在它还没有鸣叫和飞翔时
我要数清它们,就像数清我的手指

就像每次发起进攻之前,我必须
数清楚我面前的十个士兵
他们可都是我的兄弟
年少气盛,也像一排子弹那样在蓝天下

竖着，怒放金灿灿的光芒
而我知道走进战争的人
有如飞向战争的子弹，当他们呼啸
而去，这时你的手指就断了
这时候如果拾起一枚弹壳
你将看见它在滴血，在呜咽

闲暇时数数子弹，而且要认真地数
仔细而又反复地数
这是我在当兵时形成的习惯
我乐此不疲的一种嗜好
是这样的！我不认为这是一种游戏
一道简单的算术练习
就像我不认为谁都能数清子弹
谁都能掂出一粒子弹的
重量、质量、和它的爆发力

哦，子弹的造型，实在是太优美了
你只有把它压进枪膛
听见砰的一声，又噗的一声
你才知道战争有多么丑恶

2008 年 1 月 22 日　北京南沙滩

两眼余光

用你两眼的余光　注意你的左右
注意你左右的鼻尖　下颌
偶尔眨动的睫毛
注意那些挺起的胸脯　和在胸脯上挺起的
第二粒扣子　并要用碎步
快速移动　快速搜索和停止
到此时　你就找到了你的位置
那个你被淹没的位置　像藏在一滴水里

但是　这只是队列的一部分
军事生活最基础的
一部分　你全部的任务是目视前方
当你前进或后退
进攻或迂回　必须以着火的速度
移动身体　迅速隐蔽
因为子弹是不会拐弯的
因为任何的风吹草动
都将带来毁灭
而在风吹草动中　在千钧一发中

保护你的　只能是两眼余光

请记住　牢牢记住　注意两眼余光
就是注意你生命的长度
你枪膛里的子弹
在突然间射击的速度
而这些与你每条神经的畅通无阻
有关　与每块肌肉的
令行禁止有关　甚至与你的每滴血
能否訇然点燃　能否呼啸而起
有关　注意两眼余光
也就是撒豆为兵
让你自己成为一座碉堡

后来我明白了　记住这个口令
就是要向蜻蜓学习
向黄蜂学习
努力让自己长出两只复眼

2008 年 2 月 22 日　北京南沙滩

三个中国军人，三个中国农民的儿子

你们不是都看见了吗？高不可攀的天空
被三个中国军人　三个中国农民的
儿子　坐着一枚火箭
呼啸而上　而且他们还走出舱门
举着一面国旗在天空行走
三个中国农民的儿子　让世界大吃一惊

三个中国军人　三个中国农民的
儿子　他们乘坐的那艘飞船
那枚巨大的惊天动地的
捆绑式火箭　捆绑着我们年代久远的
渴望　我们对浩荡天空的
景仰和敬畏。当飞船与火箭分离
当他们在一团漆黑中
打开窗口　光芒从四处涌来
而他们拥抱这光芒　就像许多年前
在田野拥抱稻菽　麦穗和棉花

哦　失重的天空　比天空还高的天空

空得没有一缕呼吸　没有一丝
云彩和雨水　甚至没有
边界。三个中国军人　三个
中国农民的儿子　他们那么从容不迫
那么镇定　就像春天已到来
他们正以祖祖辈辈
躬耕的姿势　在那么高　那么荒蛮
那么深邃辽阔的一片
处女地上　开始了中国的第一犁

请问用这张飞翔的犁铧　犁开
那么高　那么纯净的天空
是一种什么感觉？请问从那么高
那么深邃辽阔的地方　鸟瞰大地
我们像不像一粒飘荡的
沙子　一只蠢蠢欲动的蚂蚁？
呵呵　我从没有到过这么高的地方
我只能看着他们飞翔
但是仰望星空　我想　我想啊
站得这么高　他们肯定
洞若观火　肯定能看清我们的命运

是的　我们的命运！我与这三个
中国军人　三个中国农民的
儿子　甚至我与许许多多

千千万万　曾经在同一片田野里
同一片天空下
割过草和放过牧的人
插过秧和收过稻的人
或者在寒冷的冬天　依然赤着脚
噼噼啪啪地去追逐过春光
和秋色的人　我们共同的命运
那其实就是土地的命运
流水的命运　一片卑微的草木
经过风雨的一次次
砍伐　终于长成森林的命运

都抬起头来看看吧　来看看
这三个中国军人　三个中国农民的儿子
他们会飞！他们绕着地球
从世界的这边　飞到世界的那边
他们飞得那么高那么远
那么完美　这让所有的腿上还沾着
泥巴　所有的从土地里
从奔腾的江河里　涌出来的人
理直气壮　突然都有了飞的欲望

2008年10月4日　成都

烤 蓝

我要写到火　写到像岩浆般烧红的炭
写到铁钳　铁锤　铁砧
写到屠杀和毁灭前的
寂静。而我就是煨在炉火中的
那块铁　我红光烁烁
却软瘫如泥　正等待你的下一道工序

我要写到铁匠的饥饿　仇恨　愤怒
写到一条雪白的大腿从顶楼
的窗口伸出来　打翻昨夜的欲望
我要写到比这更剧烈的
冲床铣床和刨床　它们的打击是致命的
足以一剑封喉

我要写到血　它们在铁中隐身
粒粒饱满　有着河流般的
宽阔　蛮野　生猛
但却不允许像河流那样泛滥
我要写到地狱　写到它与天堂的距离

就像我与死亡的距离　近在咫尺

我要写到这块铁从高温的悬崖
跌落下来　迎接它的是
零度以下的寒冷　然后带着这一身寒冷
再次进入高温——如此循环往复
并在循环往复中脱胎换骨
渐渐长出咬碎另一块铁的牙齿

我要写到烤在这块铁上的那种蓝
那种炫目的蓝　隐忍的蓝
深邃而幽静的蓝
我要写到这种蓝的沉默　悬疑
引而不发　如一条我们常说的不会叫的狗
如一颗在假想中睡眠的弹丸

2009年1月7日 北京平安里

火器营

北京西四环　在我开车去西山脚下
做保养和维修的路上
路牌上蹦出的一粒火星
把我的眼睛　我日趋庸常和寡淡的心
突然烫了一下

火器营！一个飘着火药味的地名
一个听得见枪械声的地名
让我过目不忘
但仔细琢磨　这个神奇得像流星划过天幕
蓦然照亮夜空的地名
在这一刻　肯定想对我说些什么

它想对我说什么呢？是想告诉我
在我居住的这座城市
过去曾天高地阔
皇威浩荡　有许多血色的城墙
许多钉满铜钉的城门
当然也有许多兵甲

他们枕戈待旦　把自己像钉子那样钉在
古老的城墙上？是想告诉我
这个叫火器营的地方
刀剑闪烁　或者每天炉火熊熊
响彻锻造兵器的声音？

而我在城中的一家军事单位工作
从城外到城里　每天都
开车来回
有意思的是　当我开着车
走向那颗军事心脏
途经的地方　依次是：南沙滩　马甸
北太平庄　小西天　积水潭　新街口
平安里……每个地名
都让人昏昏欲睡　都有那么点
太平盛世　歌舞升平的味道
最糟糕的是人潮汹涌
每天都要遭遇堵车　堵车　堵车
有时堵得水泄不通
宽阔的街道变成了停车场
有时堵着　堵着
便趴在方向盘上　默默地睡着了

火器营跳了出来　突然把我烫了一下
让我在不知不觉中

渐渐有些痛感　有些羞愧
我想　我也是国家机器上的一个轮齿
一颗小小的螺丝钉
当我再次路过北太平庄　小西天
路过平安里的时候
我必须告诫自己
不能打盹！这世界不会是太平的
也没有一刻是平安的

2009 年 1 月 23 日　北京南沙滩

热爱这支枪

你可以把它想象成一道堑壕
一座环形高地
一个随身携带和移动的堡垒

一个士兵有一千种理由
热爱这枝枪
就像一个婴儿有一千种理由
咿咿呀呀,热爱他每天含着的奶嘴
或者你可以把它想象成恋人
想象成继承你天性的孩子
每天搂着它,抱着它
枕着它入眠
与它形影不离,相亲相爱

我们知道枪都有枪号
却没有档案(虽然我们认为它应该有
但确实没有)这就使一支枪
变得陌生和神秘起来
变得有点来历不明

比如你是否知道:在你接过它之前
有谁曾佩带过它?
在战场、靶场或发案现场
有谁使用过它?
从这支枪的枪膛里飞出去的子弹
曾杀过人吗?杀死过几个人?
他们是好人还是坏人?
如此一想,一支枪握在你手里
你就会忍不住颤抖一下
这支枪就会变得
沉重,悬疑,不怒而自威

枪都是有灵性的。用过枪的人
或与枪打交道的人
都这么说,而且在说这话时
脸上都浮现出对枪的迷恋、偏爱和敬畏
因此你必须不断地擦拭它
摩挲它,用你手中和怀里的体温
像温润一块玉那样
悉心地抚摸它,温润它,
如果有可能,还可以把它含在嘴里
让它和你一道思想和呼吸
一道潜入意志的岩层
那时,它便会对你开口说话
对你吐出它深藏的奥秘

你摸得出一支枪的心跳吗?

听得见它偶尔的咳嗽

它在失意的时候

落寞的时候,对着无边的寂静

独自低语和呻吟吗?

一支枪交到你手里

你如果不像孩子般抱紧它

呵护它,与它患难与共

肌肤相亲,当危险来临的时候

当你四面楚歌的时候

它凭什么伸出钢铁的手臂

死死抱紧你?凭什么像条猎犬

那样,呼的一声蹿出去

帮助你怒吼,撕咬

让你死而后生,在绝地展开反击?

我至今还记得我用过的那支枪

记得它是:中国制造

五六式,仿苏AK-47

单兵装备五个弹夹,150发子弹

既可单射和连射

也可慢射和速射

枪号:19541205307406

而我记住这支枪,是因为它在陪伴我的

那些日子里
我用它陪伴着我的祖国
岁岁平安,从未用它杀过人

2009年6月9日 北京平安里

履带碾过原野

四周都是铁。四周都是我们的眼睛
和耳朵；我们嗅觉灵敏的鼻子
和神经；那么驰向山岳，驰向海峡吧
履带碾过去的力量是不可阻挡的

你看，你看，那么美的一座移动的
碉堡，那么美又那么符合
力学原理的驱动轮、传动轮和齿轮
把搏斗和厮杀提高至一种艺术

而当战车发出咆哮，当大地传来一阵阵
震颤，当对决从争夺小数点后的
第三或第四个数字开始
对不起，晕眩和呕吐也同时到来了

我想问你骑过虎吗？现在就让你骑上
这匹战车，让你在剧烈晕眩和
呕吐中，被四周的铁，一再摇晃和撞击
这时你就知道什么叫骑虎难下了

这没有办法！现在你唯一的办法
就是把胆汁呕吐出来，把纷纷在你眼前
飞速旋转的星星，一颗，一颗
钉回原处，让自己也变成一只虎

我知道藏在你我的心里，藏在你我
血液中的，是一只鲁莽的虎
亡命的虎，它撕咬过
钢铁，让我们的旗帜溅着太多的血

现在终于可以把脚，从昨日的泥泞中
衰草中，从渐渐冷却的灰烬中
拔出来了！现在我们要钻进钢铁的内部
碾过原野，在大地上掀起一场风暴

是啊！一种伟大的旋转和加速就这样
开始了。一种时代的铁
开始在我们血液中碾压和喧哗
而我们将以钢铁再生，如虎添翼！

2009 年 6 月 23 日 北京平安里

高　地

"我注定要死在那座高地!"

请相信,这句话我埋藏在心里
我是说给我自己听的
我想我应该这样说,就像我应该
叮嘱我的腿,翻越关山
应该叮嘱我的肋下
长出两扇翅膀,如同一只鸟
在没有路的地方
披荆斩棘,开辟我的道路

我的高地在哪儿?高地上
谁将与我对峙,摆开森严的壁垒?
谁又将为我隆重布置
雨暴,风狂,繁花般盛开的火焰?
这不是我的事情
告诉你吧,我只是一颗子弹
一束在大地和夜空中
一闪即逝的光,持久的

沉默，只是在等待某个瞬间

噢！我是一个农民的儿子
无数个农民的儿子，我心狂野啊
攀爬是我的天性，我在
我们自己的土地上
匍匐
翻滚
吞咽沙土般坚硬的日子
又像倒悬的壁虎，以粗糙的手指和脚趾
吸附于悬崖
只是想增加高地的陡峭
或者把高地，垫得比从前更高

而高地永远不止一座，或几座
高地只在高地之上
只在我们的血流与呼吸之上
因此我总是对自己说
我注定要死在那座高地
就如同跳高者对他向往的高度说
你困扰我一生，诱惑我一生
但我注定要被你
召唤，注定要被你幸福地埋葬

2009 年 10 月 8 日 平安里

河流的第三条岸

他们那边叫阿穆尔河,我们这边叫黑龙江
我知道它还有第三个名字
叫墨河,隐藏着河流的第三条岸

那时我正站在江中心的古城岛,眺望雅克萨
河水寂寂流淌,像认出了我的亲人
放慢了脚步
它肯定看见我内心凄楚,眼里含着一大滴泪

现在。我应该对你说出这条河的容颜
它是黑色的,不是浓烈的黑
轻描淡写的黑,而是静水深流的那种黑
仿佛携带着某种暗物质,让它不堪重负

那样的一种黑,我能找到的比喻是:一方
水墨,它留下的白
有如铁被磨亮之后,隐居在自己的光芒中

2016 年 11 月 28 日 农展馆南里

玻　璃

现在我是一块玻璃：安静，薄凉
保持四季的恒温
阳光照过来，我把它全部的热情
奉送给窗台上的植物，书架上的书籍
花瓶，从远方带回来的泥塑
和阳光中飞翔的尘埃
雨水打过来，我让它止于奔腾并成为静静流淌的
溪流，泪痕，这个时代的抒情诗

我就是一块玻璃，在你的眼里
视若无物，因为我是透明的，约等于虚无
空幻，哲学中的静止或不存在

这是我的精心布局。在你的视线之外
意识之外。现在我磨刀、擦枪
每天黎明闻鸡起舞
在奔跑中把一截圆木扛过来
扛过去，如同西西弗斯每天把那块巨石
嗨哟嗨哟往山上推，又轰隆轰隆

看着它从山上滚下来
然后我傻子一样再推，再推，再推

是这样，我在你的视线之外，意识
之外。我希望对你来说
我是不存在的，就像阳光穿过玻璃
让雨水和风雪，在我面前望而止步

当我破碎，当我四分五裂，你知道
我的每个角，每个断面
都是尖锐和锋利的，都能刺出血来

2018 年 5 月 16 日 北京

高傲之心

穿上那套绿制服,你就有了高傲之心
仿佛山谷的空阔,就是为了让风
吹拂的;河床的蜿蜒和逶迤
就该用来奔腾和激荡;而坐上那辆运兵车
你果断地对自己说,你再也不要回来了
你从此是一个使命在身的人,四海
为家;从脚下走出去的这条路
只供回想和怀念;故乡作为一条河流的
源头,一口甘甜的水井,你只有在
渴了的时候,头脑发烧发热
需要镇静的时候,才被允许把桶放下去
打一口水喝;而县城那个白净,漂亮
风姿绰约,曾经用藐视的眼光
睥睨你的女同学,在人群中咳嗽了几次
你仍然心如止水,不把目光投过去
诚实地说,你真需要一个姑娘用来爱慕
但你明白,这个姑娘和你的未来一样
在远方,在你暂时还不知名的
某个城市的芸芸众生中;并且,她必须是

谦卑的，贤良的，有着你喜欢的那种
蛋清色的皮肤，愿意为你生儿育女
像爱护眼睛那样爱护你的脆弱的
自尊心；如果你成功了，如愿以偿地走进
你梦境中的那个房间，她会把你的荣耀
收藏在心里，在脸上绽开一朵散发出
淡淡香味的茉莉花……这时，车厢里
人头攒动，曙色从绿篷布的缝隙照进来
刺得你睁不开眼睛；透过光芒涌入
的这条缝隙，你看见前面的道路越来越宽广
视野越来越辽阔，天边的霞光越来越
鲜艳，越来越灿烂——你知道在那儿
隐藏着许多魅惑，许多的可能和未知
而这些，正是你想要的，你所痴痴期待的
许多天后，当你被布置在某个哨位上
你的名字被列入名册，是这支队伍光荣的
序列中，这个有着军师团营连排班的
集体，最小的一个颗粒，你知道你现在
站在哪里，哪里就是一个微缩的祖国

2019年3月16日 北京南沙滩

金左脚

身体里所有的部位我独对我的左脚
心怀歉意,充满体恤和垂怜
我毫不吝啬地赞美它,把一生的荣耀献给它
我称我的左脚为
亲爱的,我伟大杰出的,金左脚

仅仅因为它承受着我一半的体重?
仅仅因为它肩负着我
跋山
涉水,走过了我此生一半的路?

远不只这些。在此我必须告诉你——
我是一个当兵的人,枕戈待旦的人
在队列中,我立正,我稍息
我向左转,我向右转,我向后转
我齐步走,正步走,跑步走
我在边关的小路上走,在首都的长安街上走
在总部机关碰见将军比碰见路人
还要密集、还要多的大楼里走

在炮弹此起彼伏,如同礼花那般一簇簇
炸开的猩红的焦土上走
哪一次不是先出左脚,再出右脚?

我必须告诉你,这是一种法则,一种意志
一种条令条例里年复一年
日复一日的雷厉风行
和令行禁止。最后是一种自觉,一种下意识
一种本能的不由自主的
条件反射
如同迅雷不及掩耳,如同
我们扑闪扑闪的眼睛,突然遇到一粒沙子

如果踏进雷区,我忠诚而苦命的左脚
将先于我身体的其他部位,不翼而飞

2019 年 3 月 18 日 北京南沙滩

在心里养一只虎

告诉你一个秘密:一九七二年那个冬夜
枪发了,领章帽徽发了,接下来
我便在心里养一只虎
养一只华北虎,一只华南虎
但我从不示人,从不暴露它陌生的面容

我查阅过《辞海》。虎:大型猫科类动物
毛色浅黄或棕黄。满身黑色横纹
头圆,耳短,耳背;面黑色;无固定巢穴;四肢健壮
而吼声如雷;虎头天灵盖的位置
天然长出一个"王"字。再有,它们每隔两三年
谈一次恋爱,正好与我的服役期相仿

在心里养一只虎,我知道我们的古人精通此道
比如秦皇嬴政,比如霍去病,都这么
干过。再比如李广——
他把石头当一只虎来养,用箭一次次
射它,直到箭嗖嗖嗖射过去,怎么也拔不出来

我把虎养在我心里,是要让我的身体成为它的
栅栏、斗室和铁笼子。我带着它走向操场

和靶场,走进五公里越野途中
用壮心、雄心,剑胆琴心,外加一点点野心
喂它;用饥饿、干渴、晕厥,适当的残忍
喂它。即使喉咙着火,骨头稀里哗啦
马上要倒塌和散架,我也不把那个苦字说出来

还有更绝望的日子。那时我已成为野人,茹毛
饮血,被迫用剥去皮但还在蠕动的蛇
用送进嘴里但还在吱吱叫的老鼠
喂它;用土里的蚯蚓,树上的蝉、蜗牛,还未长出羽毛的鸟
喂它。那时也没有水,天上和地下都没有水
我用舌头收集草叶上的露珠
岩石流出的汗,和枯树背面的潮湿与阴凉
养在我心里的这只虎,终于饿得从我的喉咙里
蹿了出来,它威胁说,现在它能吃下一头牛

两年后我回乡探亲,像儿时那样躺在母亲怀里
我对她说:妈妈,当我一觉睡过去了
在我打鼾的时候,假如你听见老虎的吼声
假如你看见从我的袖管里
和裤管里,伸出浅黄或棕黄的指爪
假如你看见从我身后,翘起一根像旗杆一样的尾巴
你不要害怕也不要惊慌
那只虎
是你的儿子我变的,是我偶尔现出了原形

2019 年 3 月 20 日 北京南沙滩

辑二 | 营盘 1990—2017

白岩石的群山

一

那时我只有目瞪口呆；那时呈现在我面前的是
大片大片岩石，如大堆大堆残存的肢体
那些肢体当然不是倒卧着的
而是站着！它们相互挣扎着，缠扭着
骨节的断裂之处锋锐无比
新鲜的岩液
散发出血浆一样的腥味

所有的鸟都飞走了
所有的猛犸象、剑齿虎
所有爬行在地的凶狠的恐龙和巨蟒
都匆匆逃遁了
甚至没有一棵草
没有一片苔藓
也从未留下任何的一爪
飞鸟和风的印痕

因此我无法想象那种情景

无法想象当大地裂开
突然有十万颗沉雷
十万匹波涛
十万里火海
在一瞬间爆炸、汹涌、扑卷的情景
我只有目瞪口呆
只有为这亘古的寂静与肃穆
而长久地迷失在这片大山里

它们千年万年地挣扎过来了
并且准备千年万年地挣扎下去
你自己去想想那情景吧!

二
最最重要的
是那岩石的颜色完全一片炽白
白得像雪
像三伏天的正午从天空直直
砸下来的阳光
像你突然褪去某个少女的衣饰之后
所裸露出来的那种惊心动魄的肌肤
白得能让你穿过这片颜色
看见在它的地底下汹涌流淌的暗河
看见它像根须那样纵横交错的
蓝色的脉络

道路就这样消失了
我走近它却不敢攀登它
我远远地仰望它们
并像教徒那样
崇拜它们，朝觐它们

三
不，我是见过山的
我也见过无数在山上堆积的
青色与褐色的岩石
其实我就是山的儿子
诞生在山与山相撞的一条夹缝里
我踩着一地的山石长大
几乎每走一步
都碰着那些壁立的悬崖

你瞧我的胸膛上，我的额头上
至今依然布满那些岩石刻下的
伤疤

但我从小就怀疑那些山，那些岩石
那些山青翠欲滴
如同浸泡在碧澄的大海里
你随便一碰

都会流出绿色的血来
那些岩石畏缩在厚厚的植被之下
长满青苔,并且正在
大块大块风化

于是,我走出了那条夹缝
走进了这片白岩石的群山
但你只用这片山脉
只用那少女般的白,阳光般的白
便推翻了我关于山和岩石的
全部记忆

四
那时候我在南方的一座兵营里当兵
那些白岩石的群山,连绵纵横
就横陈在我们兵营的四周
我每天把十七只羊
赶往它们脚底的一片枯黄的原野
然后便仰倒在草地上
面对着那片山脉
暗自垂泪

某月某日
我就这样沉睡在它们的脚下
我突然发现大地重又裂开

沉雷轰轰作响。那早已凝固的肢体
突然又嘶声喧哗，红光烁烁
——我深陷其中
并同它们一道于火中挣扎、缠扭
再淹死在
自己的血泊里……

醒来之后再凝望那些岩石
我激动得热泪盈眶
许多年后我才明白
它们困扰我、阻隔我
原来是要熔铸我、修炼我
它们教会我沉默，教会我坚忍
并教会我以岩石的耐力
去扼住命运的咽喉

那年我十八岁
从此我懂得只要站在十八岁的位置上
我就拥有不可战胜的力量

五

是的，我曾想学做一个信徒
把三十五年的脚印
一路铺向西天
一路顶礼膜拜

我踩着遍地的荆棘信自走去
如入无人之境

而你却只用一声冷笑
便把我绊倒在你怀里

接着你用洁白而丰厚的胸脯
翻我
晒我
烤我
你灼烫而不让我融化
冰冷而不让我战栗……
哦，我无法说清这种感觉
我只看见湖水荡漾
一匹银鬃烈马骑浪而去
我忽然变成你子宫里的一个
快乐的婴儿

于那一瞬我听见雪山崩溃
有一种声音轰然宣布：
醒醒吧，我的孩子
你的天目已洞开！

是的，是的
我本来就是个孩子

是你教会我用三种姿势
向这个世界射击

六
后来我走出了这片白岩石的群山
走进了中国北方最大的一座都市
但我再也走不出你的视线
我所看见的每一片白色
仿佛都来自于你的一种暗示
我每走一步
都被你所照耀

再后来
我去访问过和我一道服役的老兵
我说你们还记得那片白岩石吗？
还看见那片白岩石的群山
在匆匆移动吗？
他们都惊奇地看着我
他们说哪有什么白岩石
哪有什么白岩石的群山
在匆匆移动啊
我们待过的那座兵营里的岩石
都是青青的，或者钢蓝色的
就像那种刚淬过火的铁的颜色

他们还说你说的白岩石和白岩石的群山
大概是一个梦吧
哦,你是诗人
你总被自己的歌声所困

我说是吗?
我是诗人?

七
现在我依然在寻找那片白岩石
那片白岩石的群山
我感激它们,并且永远记住它们
因为无论它们存在与不存在
都将
温暖我的一生!

1990 年 3 月 28 日 北京北太平庄

十二枚钉子

阳光砸在我头顶上。阳光响亮地
砸在我头顶上。我们十二个人
在八月的太阳下,站成十二棵树
阳光响亮地砸,响亮地砸!它要把我们
砸弯,把我们砸扁,把我们深深地
砸进泥土中去,砸进岩石中去

我们目视前方。我们不动。我们
十二个人。十二个患难兄弟。十二团
日夜抱紧的血肉,在八月的太阳下
站成十二棵树。十二根木桩。十二道
雪白的栅栏。我们唯一要做的,就是
把自己的影子,狠狠地砸进泥土

我们来自十二个方向。十二条道路
十二滴黏稠的血。又被十二道
耀眼的光芒,删繁就简,千锤百炼
但我们不动,就是不动!直到让阳光
的瀑布,打落病中的叶子,直到让

年轻的骨架，回响金属的声音

八月的太阳多么酷烈！八月的烈火
穿过我们的十指，在熊熊燃烧
八月的阳光在我们的头顶上响亮地砸
响亮地砸！它要把我们砸成十二道
墙。十二道关。十二枚亮晶晶的钉子
钉下去，便再也拔不出来！

2001 年 8 月 16 日 北京

步兵们

啊啊!我属水的肺叶,应该
长出鳃;我属土的脚掌
应该长出蹼;但我属火的喉咙
必须继续用来呐喊,我每天
都要喊醒草,喊醒沙,喊醒
深藏在我身体里的那头野兽

多么苦命的职业!与虎狼
为邻,危险而又凶残,就像
一只奔跑的缸,我随时都将
被风打碎;或者我就是风
凌厉并凶猛,我呼啸,我怒吼
只为打碎另一只奔跑的缸

就这样前进,前进!让我的骨骼
在生长中断裂,在断裂中生长
因此我骨节粗大,你只需轻轻一敲
便能听见岩石的回声;因此我
移动,是大地的一块皮肤在移动

是祖国的一块骨头在移动

汗珠和血珠从我高耸的额头上
滑下来,滑下来,再滑下来
那运动的方式,沉重而舒缓
构成从山脉到河流的走向;又像
一滴岩浆,在黑暗的溶洞里
滴落,让时间悄然坠入虚空

因此我手里的枪,我原始而沉重
的属性,只能用我脚下的力量
命名;因此我腾挪,我攀升,我
匍匐。我一步,一步,又一步
先迈出左腿,但决不会想到
我还能把右腿,重新再收回来

告诉你:在这个硕大的世界上,根和
翅膀,是我最想得到的两样东西

2002 年 1 月 10 日 北京白石桥

降 落

天空中这些剽悍的骑手　随心所欲的骑手
为扼制胯下的烈马狂奔
现在他们开始减速　开始勒紧手中的缰绳

啊啊　天空中的空　那才真正叫空呢
那才真正叫风月无边呢
这时你就扇动螺旋桨大胆地去飞吧
肆无忌惮地去飞吧　在前方
绝没有一粒石子会蹦出来
硌你　绝没有一道或明或暗的沟壑
会蹿出来　卡住你的
轮胎　把你抛入更深的沟壑

蓝天上当然也没有红绿灯
没有电子眼　没有忠于职守但却总是
隐蔽在暗处的交通警
没有各种各样的实线　虚线　禁行线
但你却必须轻　必须像白云那样
在天空飘荡　必须像白云那样

不漏下一丝骚动
不漏下哪怕一粒小小的尘埃和雨滴

天空下满是密密麻麻的火柴盒啊
满是忙忙碌碌的黑蚂蚁啊
那些在用钢筋水泥　用玻璃幕墙堆积起来
如同火柴盒般的高楼群的夹缝中
匆匆移动的人群
他们多么安详　多么渴望风平浪静
从天上即使飘下一片树叶
那也会砸中几个脑袋　一片尖叫

因此他们必须谨慎　必须勒住手中的缰绳
把胯下的那匹狂奔的烈马
勒成一缕清风　一团悠悠飘荡的云朵
然后才开始徐徐地　缓缓地
悄无声息地　往楼顶的平台降落
让腹部下的那三个轮子
不偏不倚　准确地覆盖平台上的
那三个小白点
这就像我们在早晨醒来
让光着的两只脚　准确地落在鞋子里

又像一只巨大的蜻蜓　在不经意间
从我们眼前飞过　飞过

然后它轻轻地收拢翅膀　轻轻地停止振动
静静停留在河边的一根青草上

          2007年5月2日 北京平安里

开放日

请最好的静物画家来画这些寂静的兵营
我想他们的手　也都会颤抖

这时候　所有的门　所有的窗
都开着　所有浸满青草汁液
叠得方方正正的被子
都仿佛用小炉匠或小木匠的铁锤
一锤一锤　叮叮当当地敲打过
而卧在被子上相同位置的
那一顶顶大檐帽
我相信它们是在假寐
就如同一群鸟　在高压线上栖息
一旦有风吹草动
它们就会扑棱棱　飞起来

再看储物柜上摆放着的那一溜
茶缸　茶缸里的那溜牙刷
洁净　整齐　就像站着的一队士兵
挺胸收腹　双腿垂直

刚刚听到向右看齐的命令
从这里　你仿佛看得见一溜
长着金灿灿绒毛的
腮帮子　两行一眨不眨的眼睫毛

而斜靠在枪架上的那一排枪
它们就像枪那样沉默
又像枪那样　触目惊心
在阳光下发出一种
火焰般的蓝　锋刃般的蓝
仿佛正把一口气提向丹田
你若伸出手去触碰它们　抚摸它们
肯定有一种力
会将你的手　重重地弹回来

啊　一种静止的美　潜藏的美
锋芒毕露的美
站在这里　你无法不屏声敛气
无法不把心里的某种东西
悄悄地藏起来
仿佛有个人站在你身后
正用力透纸背的目光
静静地看着你　盯着你　打量着你
又仿佛住在我们楼上的邻居
在半夜　刚嘭地扔下一只靴子

却把另一只靴子
久久地　久久地提在手上

我可是个老兵啊　在这寂静的兵营
面对这些寂静的被子和帽子
寂静的牙缸和牙刷　寂静的枪
我真想大喊一声——

"同志们听好了，下面我宣布命令
请稍息……"

2007年5月2日 北京

紫荆花臂章

这些从全中国　从一支庞大的军队中
挑选出来的士兵
是最酷　最美　最出类拔萃的士兵
如果再加上这枚紫荆花臂章
他们便成了兵中的极品
和塔尖　如同王冠上的那颗钻石

一个服役三十五年的老兵　我承认
我对此倍感羡慕和嫉妒
但我更惊叹于设计者们的灵光一现
我是说在这枚图腾般的臂章中
他们为什么不设计两把刀剑
两杆互相交叉的长枪？为什么不是一匹狼
一头咆哮的狮子　一头狂啸的
东北虎　或华南虎？
把一朵花佩戴在他们的手臂上　这些
潇洒的士兵　拥枪入怀的士兵
是否从此将远离杀伐
永远站在这片土地的花团锦簇之中？

辞典上说　紫荆花属落叶灌木
或小乔木　叶子略呈圆形
到春天开满紫红色花朵
这么说　他们站起来就可以拔地而起
高高耸立　卧下去又可以
低低匍匐　盘根错节
而这里是东方的一个海湾　一颗明珠
紧靠风暴的边缘
当灾难从远处袭来的时候
他们则会发出呼啸　发出呐喊
用骄傲的头颅去撞碎雷霆

这真是一群好兵　一群幸福的士兵啊
你看他们守护的枪会山
昂船洲　守护的赤柱　中环　石岗
……这一串串　掷地有声
又像珍珠般闪光的名字
好像生来就是为他们命名的
而当他们列队走过
当他们挺胸　抬头　目视前方
用两臂嚓嚓地甩动日月
那时候我们满世界听到的
都是开花的声音　和歌唱的声音

　　　　　　　　　　　2007年5月3日 北京平安里

添马舰

添马舰是泊船的地方　泊军舰的地方
因为他们就是从这里上岸的
因为他们有一艘叫添马舰的军舰
就曾在这里游弋与停靠
然后又在日本人大兵压境之时
愤然自刎
噢　添马舰　添马舰
从此你注定要成为皇家的一道伤口

如同那个七月的夜晚　大雨倾盆
他们触到的失落　就像啤酒泡沫那样喷涌
那样的寒彻骨肌和颜面扫地
但最辛酸　最苦涩的酒
那也要当众喝下去啊　咽下去啊
毕竟谢幕也是一段华彩
而盛产绅士的国度　当他们
尊敬的总督　尊敬的亲王
俯身但却不失风度地登上那艘
豪华游艇
那时我们看见　全世界都看见

他们把维多利亚港湾那一夜的苍茫
怆然穿成了最后的一件披风
最后的一件晚礼服

进而　我们拉响汽笛的军舰
我们挂满旗的军舰　犁开波浪
开始向这座以一艘军舰
命名的船坞　这个久违的港湾
气宇轩昂地开来
进而　我们那些威武　英俊
劈开腿　有如钉子一般
钉满舰舷的水兵
开始向这片土地的沧桑致敬
向这片土地的苦难　忧患
和它的重新崛起　致敬　致敬　致敬
那种一日长于百年的骄傲
从此让我们刻骨铭心

或许他们还会想着沉没在海底的
那艘军舰　或许他们会把它
当成一座水底纪念碑
永远怀念它的光荣
但添马舰　添马舰　你沉在幽暗的海水里
锈迹斑斑　再也无力浮出海面

2007 年 5 月 3 日　北京平安里

一只苹果

让我们来想想　一只苹果与法律对峙
一只苹果明亮而鲜艳的外表
有没有可能躲藏
某种企图　某种罪恶
而当这只苹果忽然成为一个入侵者
一个特殊的案犯
我们该怎样为它辩护……

再打个比方　一只苹果从春天长到秋天
现在它终于成熟了　饱满了
丰盈得仿佛马上要炸开
但按照牛顿定律　当它从高处跌落
砸伤或砸死一个人
那么　这到底是风的罪过
树的罪过
还是栽种这棵树的人的
罪过？

再或者　是这只苹果本来就形迹可疑

深怀杀人的动机?

我们要坚持的是　这只苹果是无辜的
它甚至比任何一只苹果
都健康　纯洁　光明磊落
它小小的错误　只是来自于它的嗜睡
来自于它在浓浓酣睡中
搭乘那个士兵驾驶的军车
非法越过了边境

如果允许有另一种解释　那便是它
细腻　圆润　纤毫毕露
坐在士兵的驾驶台上
过于显示出一只苹果的
恬静与妩媚
这使一个士兵陷入了一种
痴迷和沉醉　并在他此后的芳香之旅中
推迟了那天的早餐

这样的辩护当然入情入理　充满
人间的烟火味
但法律的面孔却是铁铸的
不相信懊悔和眼泪
不相信栅栏之外的任何存在
因而也不相信那个始终都

低着头的士兵
就像剖开那只苹果那样
剖开自己的心　让它在阳光下呢喃

一只苹果与法律构成的关系
其实是紧张　尖锐　铁面无私的
它告诉我们世界是圆的
也是方的　在它的疆域进出
你必须谨言慎行
万万不可被一种芳香迷惑

2007 年 5 月 3 日　北京平安里

三个女兵

是个星期日　三个年轻的女兵换上三身
色彩斑斓的鳞　走上大街
她们要去分享做一条鱼的快乐

在小小的香港哪里不色彩斑斓？
哪里不是一个人的世界
人的海洋？在这片海洋里生存和游动
人们都长出了鳍　长出了鱼的鳃

三个年轻的女兵走上香港的大街
她们很快被街上的人淹没了
被街上翻滚的色彩
淹没了　就像大海淹没了三条鱼

这就是做一条鱼的快乐　做一条鱼的
自由和潇洒　因为海水汹涌
海里的鱼挤挤挨挨　千姿百态
你行进或逗留　都翻不起一朵浪花

三个女兵　三个女兵时而快快地走
时而慢慢地走　但走着走着
她们便走成了行　走成了列
那习惯摆动的手臂　像牵着一束阳光

她们的脸也太黑了吧　是那种被亚热带的太阳
久久晒过的黑　油光闪亮
就像三颗黑珍珠
三颗在同一条河床里滚过的鹅卵石

三个女兵不知道　在她们身上有些枝条
比如勾肩搭背和搔首弄姿
早被队列里的一把剪刀　喀嚓一声剪去了
或者压根就没有长出来

看着这三个姑娘走过来　又走过去
看着她们相互响亮地应答
大街上有人在笑　有人在窃窃私语　孩子们则
追着喊道：快看啊女兵　女兵……

在大街上被人认出来是件让人沮丧的事情
三个女兵不明白　同一个大海
同一片海水　她们怎么就不像一条鱼？

2007年5月5日　怀柔

晚风徐徐吹来

他不动。越来越重的夜色开始让他坐在
隐隐的涛声里,然后坐在沉沉的
海水中。吹过李白的风
翻过兵营四周的山冈,从唐朝那边
向他徐徐吹过来,吹过来

从山里到山里,中间那段长长的路
他是坐着闷罐车走过来的
这就是说
除去一路的晕眩和呕吐
除去像颠着一车土豆那样的颠簸
他目前的履历,还是一片空白

因此他有些焦虑,有些暂时填不满的空
随手从身边揪起一根草
竟是毛茸茸的,这让他的心里一惊
就像一个穷人走在街头
把手伸进口袋
蓦然摸到一些散碎的银子

"从那片山到这片山,其实是一根狗尾巴草
到另一根狗尾巴草的距离。"

那时他身边都是这样的狗尾巴草
漫山遍野都是
他就在夜色越来越重的
狗尾巴草中,坐着,躺着,茫然着
任晚风把纷乱的思绪
吹成他那个年龄莫名的哀愁

三十五年前躺在那片狗尾巴草中的士兵
是我。三十五年过去了
当我回望那个夜晚
回望那片最卑贱最荒凉的植物
心里仍然感到毛茸茸的,毛茸茸的

"啊,春日迟迟,一根狗尾草
就这样带我上路……"

2007 年 10 月 23 日 北京平安里

青岛兵杜立明

站在连部的大门口,青岛兵杜立明
歪戴个帽子,用手中那把原本
属于班长的冲锋枪
得意地向他的一个山东老乡
瞄了瞄
同时他眯着一只眼说:啪!啪啪!
现在我代表人民,消灭你

这天是七月十三日,团里组织武装泅渡
纪念伟大领袖畅游长江
那可是件盛事啊
省报、市报和军区小报的记者都来了
杜立明终于榜上有名(青岛兵嘛)
因此班长的冲锋枪允许他
暂时使用一天
这样他便有足够的理由,扬眉吐气

杜立明其实是个有知识的人
有文化的人

从小在海滨城市长大
他十五岁响应号召,下放到广阔天地
犁田、割麦、修渠、打场
身体压得像只虾米
因而他常有牢骚,偶有怪话
尤其热爱睡眠(最喜欢睡懒觉)
有时连军号都喊他不醒
于是我们便挖苦他,嘲笑他
任意改他的名字
我们都叫他战犯杜聿明

武装泅渡是在一个大水塘中举行的
紧靠大水塘有条大马路
车水马龙
走在路上的人都停下来看热闹
杜立明兴奋极了
弯弯的身子挺了又挺
一跳入水塘,他就拼命地游,拼命地游
如同《水浒传》里的浪里白条
水塘四周欢声雷动
第一次把他的名字喊得惊天动地

但杜立明游着游着,突然游不动了
又突然吐着水泡沉下去了
落在他后面的人

奋起直追,纷纷都越过了他
而我们都不着急,都在
议论说:别信他,杜立明这小子
他是在逗我们呢,耍我们呢
肯定他一个猛子
暗度陈仓,早扎到前面去了
再说机不可失,时不再来
我们的战犯
他怎么会放弃这么一个出头之日?

然而事情的结果却是严峻的
令我们万般遗憾
——杜立明再也没有浮起来
杜立明光荣牺牲了
几个小时后,当他被打捞出水时
我们看见他脸色乌黑
满嘴是泥
脊背弯得更像一只虾米了
但在他怀里,却紧紧地,紧紧地
抱着那支冲锋枪

2007年10月28日 北京平安里

无名无姓

士兵们请注意了,现在是提问的时间
现在让我们一起来想想——
当一场战争打下来
在战争中,被第一颗子弹打死的
是谁?被最后一颗子弹打死的又是谁?

士兵们,请注意你们此时此刻站立的
位置,我是说此时此刻
在你站立的位置上,在六十年之前
八十年之前,站立的是谁?
那么在六十年之后,八十年之后呢?

——沉默。士兵们像山脉那般沉默
像他们紧握的枪那般沉默——
哦哦,这就对了。我知道你们答不上来
这就要说到命运,一个士兵的命运
因为你就像一粒细小的沙子

卑微,粗糙,像时间那样默默无闻

但却必须经受住时间的反复
消磨，反复淘洗、摔打和抛弃
然后被一阵狂风席卷而起
那时你就勇敢地去飞吧，去呼啸吧

而战争是一架机器，一架制造英雄的机器
到那时你将用瞎去的一只眼
或断去的一条腿，点燃掌声和鲜花
——但这又如何呢？
掌声和鲜花也会凋谢，也会沉寂

最后我还要说到时间，它冷酷，健忘
就像我们伸出的手掌密布缝隙
当一阵阵风吹过，你说有几粒沙子
能卡在其中？就像在山冈上耸立的纪念碑
住在那儿的，都无名无姓……

2007年10月29日 北京平安里

击 鼓

战争的彩排,死亡的预演
这时以一种最古老的
游戏方式,持续或停顿
而在这个篝火哔剥的夜晚
新兵们暂时还没发现
这其实是一种偷袭和渗透

那鼓又敲起来了!敲得那么响
那么地动山摇,惊心动魄
连心都快被它震出来了
新兵们乱成一团
他们都意识到危机四伏
有一个陷阱就藏在自己脚下

敲鼓的是老兵,他们山高水长
还有那么点幸灾乐祸
只顾得奋力地敲,急促地敲
只顾得把那只鼓
敲出厮杀的声音,怒吼的声音

炮弹落地和人马相踏的声音
那鼓被他们敲得啊，天都要塌了

那朵花在新兵们手中快速传递
就像传着一团火，谁都怕被烫着
就像传着一颗拉开弦的手雷
谁都害怕咚的一声
在自己手里爆炸
新兵们心惊肉跳，狼狈不堪
那一种惊悚、错乱和傻乎乎的样子
让老兵开怀大笑

新兵们刚刚摘下胸前的光荣花
对老兵的心理一无所知
他们现在还不知道
光荣和牺牲，仅仅只有一步之遥

2007 年 10 月 30 日 北京平安里

一个士兵的二十四小时

时间指向凌晨 5∶29。连长准时立在黎明前的
黑暗中,像根醒着的柱子
背对寂静的兵营,他用一分钟
看天,看表,看天际如同煮熟的鸡蛋般
渐渐剥开的那层蛋青
然后对司号员吐出两个字。一根导火索
就这样被点燃了。渐渐退去的夜色
像池子里渐渐退去的水
鱼儿们开始露出脊背,开始翻滚
跳跃,鳞片闪烁
在一片咳嗽、跑步、枪托碰响
门框的嘈杂声中,厕所里传来一阵扫射的声音

口令声此起彼伏。半个小时的早操
必须完成列队、报数
整理服装;二十分钟队列操练
或五公里越野长跑(雨天可留在屋里擦枪)
连长最后讲评。听到解散命令后
五分钟洗漱。十分钟整理内务,让枪

和武装带和动过的一切
复原归位。被子必须叠得见棱见角
像用刀沿着四个角
切过,又像上下册摞着的两本书
不允许一个页码翻起来
或窝进去,也不允许落下一粒尘埃
这时开饭号嘀嘀嗒嗒地吹响了
用于开饭的时间是
三分钟唱歌,十二分钟风扫
残云,喝完从桶里捞出的最后一滴米汤

课表上写着上午和下午为正课时间
正课就是操练,操练,操练
无休无止地操练!把八个小时像两扇猪那样
从中劈开。操练内容是
对一支枪,或一门炮,或一种站姿
一种行进步履与节奏,进行
反复分解、测量和组合
直到让你产生抗体,产生强烈的条件反射
直到消灭你任何的一个多余动作
任何的一个念头
夹在上下午缝隙里的那段午休时间
整整一个小时,刚好够一次
驴打滚,你可以用来打盹,发愣
看地上的蚂蚁如何搬家

或用小刀削去脚板上的那几个
铜钱般厚的茧子
但你千万别贪睡,打开那床被子
否则一觉睡过去
就像一瓢泼出去的水,再也收不回来
(等待班长蹿进来揪你的耳朵吧!)

晚饭后的四十分钟自由活动,是你的
私有财产,你怀旧,思乡
抒情和做梦的天堂
但当你铺开信笺,心里慌慌地写下杏花
春花或其他的什么花
这时决不能游移,踌躇,被某一个
暧昧的词绊住
因为连里晚点名的号声
马上又要响起来了,接着是排里和班里
晚点名、第一个夜班岗交接
和相互验枪(防止走火)
如果遇上好学上进,又死心眼的
班长,那还得拉到操场
或班里的小菜地,搞一个小小的突击

熄灯号一定卡在21:00吹响
这时一个长长的哈欠,就像从高空落下的一滴
松脂,顿时将你罩在其中

这样你一夜摊开在硬板床上的睡眠
你希望到达的梦乡
便始终是黏黏的,黏黏的……

2007年11月1日 北京南沙滩

放牛班的春天

三个兵和三头牛,构成一个战斗序列
这源于那个特殊年代的荒诞
源于一支部队放下枪
向荒原挺进,向庄稼和农事挺进
把我们这些兵,像放牛那样放回土地

我们因此成为一个最小的军事单位
最小的编制班
我们三个兵每天全部的军事行动
全部的生活和生存内容
就是把三头牛赶上山坡,看它们吃草
然后便等待这三头牛,开口说话

这年的春天首先是被施培来发现的
施培来是班长施培来放的那头牛
那天施班长坐在草丛中
读着一纸命令:部队回归建制
三头牛送地方屠宰场屠宰
叫施培来的牛好像也认识命令上的文字

顿时不吃不喝,眼泪像雨那样落下来

叫杜立明的那头牛刚在小水洼里打过滚
浑身沾满厚厚的泥浆
此刻它甩着尾巴,赶着讨厌的蚊蝇
正在心思重重地晒太阳
它知道爱犯困的青岛兵杜立明
正在草丛里打呼噜,一时半会儿还醒不来
必须赶紧把一身的泥晒干

叫诗人的那头牛再次显得烦躁不安
它既不像施培来那样在草地上
发呆,也不像杜立明那样在水洼里打滚
仿佛有一件事总也想不起来
就像我年少轻狂
每天都在纸上胡涂乱抹
被暗藏的野心折腾得惶惶不可终日

屠宰场的卡车是在第二天早晨开来的
当三声喇叭嘹亮地响起
叫施培来、杜立明和诗人的三头牛
早早来到一片山坡
哦,那儿是它们登车的地方
水草丰美,如同它们预留的一个梦

我对春天和生命严峻的认识
就是在那一天开始的
那一天,这三头牛站在水草丰美的山坡上
从不抬头,始终在一丝不苟地吃着
生命中的最后一把草
好像草里的滋味,永远也尝不尽

如果这三头牛真能开口说话
我想它们一定会说——
"噢,请等一下,再等一下
就让我们低下头去,静静地,静静地
把这一坡的草吃完……"

2007 年 11 月 10 日 北京南沙滩

分离时刻

我们从未想过：一头滚圆的蒜
当你把蒜瓣一瓣瓣掰开
它们也会疼吗？

我们紧密团结的一个战斗班
一个排，甚至一个连
其实就是一头蒜、一畦蒜和一亩蒜
冬天是收获和启运的日子
冬天老兵们就要走了
如同一头头蒜被生生地掰开来
一种疼便在我们身上蔓延

这种疼你说不出来，就像一滴泪
盈在眼眶，流不出来
而老兵们是这头蒜中最成熟的
那几瓣，最辛辣的那几瓣
现在他们要走了，现在他们空下的位置
就像他们空出的枪
让我们抱在怀里，再也不想松开

最疼的是揪着的心
那儿是老兵们用最严厉的呵斥
最温暖的安慰和抚摸
最早占领的地方
至今仍留着他们的指纹和体温
现在老兵们要走了
从此天各一方
于是,一颗心也像一头蒜
突然被掰得四分五裂

这种疼从产生到平复的过程
像一头蒜从播种到生长
然后在温馨的土地中,重新抱成一团
需要整整一年的时间

2007 年 11 月 17 日 北京南沙滩

剪裤腿的人

站在副班长身边那个全班最矮的人
我们都不愿提起他的名字
都懒得谈论他的丑事
在背地里,大家都叫他剪裤腿的人

比五六式自动步枪高出一点儿
明明长着四号三的个子
每年冬夏两季换服装
他都谄笑着对司务长说:我领一号
虽然他笑得有那么点苦涩
但我们无法不替他脸红
那些鄙夷的目光,能割出血来

不用问,第二天又会有一个邮包
走在回乡的路上
邮包里装着他刚剪下的两截裤腿

四号三的个子穿上一号军装
你能想象有多么空荡

多么不协调和滑稽

就像我们在队伍走着走着

猛一回头,身后跟上来一个稻草人

冬天,当北风吹来的时候

他那两只被剪短的硕大

裤腿,噼噼啪啪

随风摇摆,常让我们偷着乐

三十年后一个小老头来到北京

小心地敲开我的办公室

用粗糙的手握住我说

哦哦,老战友,我的老战友

你还记得我吗?

你还记得那个每次都剪去

两截裤腿,悄悄寄回家的人吗?

还未等我浮出记忆的水面

他又说:惭愧啊,真是惭愧啊

那时都不要脸面了

但那时我们的家乡确实穷啊,穷死了

穷得我的母亲,我的姐妹

就需要巴掌大的那么一块布

遮一遮,才敢出门……

站在这位老战友面前,我羞愧难当

真恨不得把当年的那点浅薄
当着他的面，哇哇地呕吐出来

2008年1月20日 北京南沙滩

记一堂军事课

连长在黑板上写下一个大大的字
然后说：士兵同志们
今天我们的军事课，只学习和领会
并弄懂弄通一个字——击！

击字简单不简单？简单
击字复杂不复杂？复杂
连长说：但这个击字是战争的核
战略战术的核
同时，它又是我们每个战士
应该绷紧的第一根神经

先看看这个字的构造吧，连长说
你看我们的祖先把这个字
造得多么意味深长
它是独体结构，上面两横一竖
像不像一个人？一个手持
兵器的人，严阵以待的人？
下面不用说，该是一道齐胸的掩体

一个坚固的散兵坑
换句话说,当一个士兵
你首先要想到紧握刀枪,想到
占领有利地形
想到你该把两只拳头
如何狠狠地捅出去,砸出去

连长说:一句话,击就是居高临下
就是冲锋陷阵,先发制人
击,犹如一只弹簧
你压它一压,在任何时候
都能迅速地弹起来
跳起来,就像一匹狼机警、凌厉又凶狠
随时准备投入奔跑和厮杀

连长说:在士兵的辞典里
那些与击相连的词
都是我们应该仔细斟酌,牢牢记住的词
而且要活学活用
现在我把这些词列出来
它们是——
击发。击打。击昏。击倒。击伤。击垮
击落。击毙。击毁。击溃。击破。击败
枪击。炮击。游击。袭击。冲击。打击
撞击。闪击。突击。痛击。锤击。歼击

……当然,击并不意味盲动
并不意味粗暴、蛮野,不动脑子
在必要的时候
还必须旁敲侧击、声东击西……

连长说:士兵同志们,关于这个"击"字
我最后出一道思考题
这道题是:在明天,当战争来临
你准备怎样出击?

2008 年 11 月 12 日 北京平安里

第一次手枪射击

仓促上阵,那时我还不懂得风向
引力,子弹在空中飞行的弧度
但我无法抵御这突如其来的荣耀
无法平息像泡沫般泛起的
忐忑、惊慌,和内心小小的得意

第一次手枪射击,我就这样站在那儿
劈开两条腿(多少有些夸张)
眼睛像枪口那样睁开
这时我想,从此我将发号施令
将命令一支枪沉默,或者发出啸叫

其实我是错的。第一次手枪射击
第一次让手和枪结合在一起
就如与我刚相恋的女子
合二为一。但我发现它在战栗
像一块铁在战栗,在寒风中呻吟

哦不!不是铁,其实它更像一只鸟

一只惊慌失措的鸟
一只绝望的鸟。我死命地握住它
它却死命地挣扎着，想飞
想在辽阔的天空和大地找一个家

子弹就这样飞出去了，震耳欲聋
让站在我身边的人
面无人色。第一次手枪射击
我不知道我射出的第一粒手枪子弹
到底擦过地球的第几根头发

第一次手枪射击，我甚至不懂得手枪
其实是我的手的一部分
我的思想、血液和器官的一部分
但从此我知道，我的职业
稍有不慎，就有可能走火入魔

2009 年 2 月 28 日　北京

一座兵营空了

我久久站在那里，久久地看着
这座房子。我久久地看着
这座房子被紧紧关闭的那些
整整齐齐的窗子，整整齐齐的
铁床、枪架；那些挂过挎包
弹袋、水壶，但是连锈迹
也不敢攀爬的钉子
我久久地看着在墙上贴过条例条令
宣言、誓词和英雄画像之后
留下的那些方方正正的白
干干净净的白；我久久地看着
房子的屋檐下，小心翼翼
但却喊喊嚓嚓长出的
草，和伴随这些草长出的寂静

宽大的荣誉室里也这么寂静着
空着。那些草鞋、绑带
斗笠、蓑衣，枯黄的野菜标本
那些装在耷拉的干粮袋里

曾交叉着挎在双肩的
青稞面、炒米、粗糙的窝头
和吃过之后在行军路上
老是放屁的黑豆；那些在肉搏战中
劈裂和扭弯的枪托与刀刺
那些被子弹洞穿又被大火烧焦的
旗帜；那些或灰，或黄，或绿
但却被血水和泥浆浸泡得
色泽模糊的军服；那些曾撬过铁路的
钢钎，挖过炮楼的铁镐
那些铜号、铁勺、撞针、陶碗
写在桦树皮上的诗歌
漫画，从深牢大狱通过好心的伙夫
几经辗转才传出来的遗书
那些在冰天雪地，用冻掉耳朵
冻断一根根手指的代价
缴获的钢笔、罐头、眼镜、假牙
扁平的镀铬酒壶
那些装帧精美，采用多种版本
印着各种文字的《圣经》
……现在都不见了
不见了！都消失在这巨大的
寂静里，这浩荡的空里
而这些历史的骨头和残渣，如此
坚硬，如此锈迹斑斑

连时间的牙齿都没有嚼碎嚼烂啊

我是个老兵,一座兵营空了
我知道这与秘而不宣的
一道命令有关;与一部庞大笨重的
军事机器,正被一只巨大的手
拆卸,改装或以时代的名义
重铸有关。当然也与它的
兵种,兵器,它最原始悲壮的蛮勇
它的将军们,士兵们
只知道一支步枪的构造有关
一座兵营空了,我久久地看着这座
房子,久久看着这座房子里的
空与寂静……因为我知道
这些空与寂静,它们是沉重的,肃穆的
就像火山爆发后的岩浆
在渐渐堆积和凝固,渐渐形成山岳
又像一些思想,一些原本
就叫寂静和空的物资
在那儿整整齐齐地码着,层层叠叠地
码着,任凭你运用什么样的机械
采用什么样的运载方式
都无法挪动、吊装和搬运它们

而我说过我是个老兵,我久久地

站在那里，久久看着这座房子
久久看着它的寂静和空
那一种肃静和庄严，那一种对喧嚣的控制
和压迫，让我忍不住潸然泪下……

2009 年 6 月 22 日 北京平安里

望着这些新兵

站在操场上　这些用时代的化肥
像树苗那样催大的新兵
他们的眼神是散乱的
他们的皮肤　我怀疑只要用指甲
轻轻一划　就能渗出血来
而当微风吹过　吹动他们穿着的那身崭新的
但却松松垮垮的军装
这时你怎么看　他们怎么像一畦畦
嫩绿的　刚刚长出来的韭菜

我站在队伍面前久久地望着他们
用锥子般的目光
反复瞪着他们　刺着他们
我厉声喊道　都给我注意啦　稍息——立正！
我喊你们头要正　颈要直
两眼要目视前方　胸膛要像山岳那样
高高挺起来　小肚子要像学
女人束腰　让前腔贴向后背
而两臂要自然下垂
食指贴于裤缝　两腿要像剪刀那样

夹紧　再夹紧

不能让一丝风　从那儿吹过……

我知道我在扮演军阀的角色

恶魔的角色

望着这些新兵　我凶狠地

呵斥他们　嘲讽他们　激怒他们

在他们自尊的伤口上撒下

一把盐　又一把盐

偶尔　我还会用脚踢他们

用手故意扯一下他们的耳朵

我说　我现在要让你们的

每块肌肉　每条神经

都停止思想　都要无条件服从我的意志

都必须像遇到火那样

下意识地收缩　躲闪　弹跳

我说此刻在你们的脚下

就有一团烈火在燃烧

请想想　你能无动于衷吗？

我甚至要让他们咬牙切齿

像我瞪着他们那样

瞪着我　在眼睛里公然打开一把

短剑或匕首

你看这些乳臭未干的新兵

这些即使站在队列里
仍然在东张西望的
孩子　他们的眼睛是多么的清澈啊
清澈到没有任何一丝阴影
清澈到没有仇恨
但一个士兵怎么能没有仇恨呢？
一个士兵的眼睛里
怎么能像天空那样空荡呢？

那就从仇恨我开始吧！那就从我
把你们钉在这里
从我把你们扔进狂风暴雨
用无穷无尽的奔跑
与负重　灼烫与冷藏　消耗与折磨
开始……直到让你们
进出全身的力气
对我像狼一样的发出嗥叫

战争是一把多么锋利的刀刃啊
望着这些新兵
我坚硬如铁
就是不想让他们像韭菜那样
届时　被一畦一畦割去

2009 年 9 月 14 日　北京平安里

将军合唱队

恕我直言。当他们退出军帐,赋闲在身
梦想在歌声里东山再起
将军合唱队其实也是农民合唱队
你听!在歌的旋律中
歌的意境中,从他们口音里顽强长出的杂草
多么旺盛;风一吹,东倒西歪

是山东的杂草,河南与河北的杂草
天涯海角的杂草
相互争锋,开出五彩缤纷的野花
有些不知名的藤蔓,争强好胜地攀啊攀啊
像野马脱缰,红杏出墙
都撒开腿跑到邻家的院子里去了

那个唱美声的沿着优美的波浪线
挥打节拍的小姑娘
两只比波浪更美的手,时常中止于某个音符
某个乐句。她惊异于波浪下犬牙交错
埋伏众多暗礁;她不知道她

正在开垦和拓荒,现在是锄草师

将军们在放声歌唱,小姑娘在辛勤劳作
挥汗如雨。但他们是快乐的
那是回到久违的庄稼地
种稻子的快乐,种小麦和高粱的快乐

2013 年 7 月 13 日 北京

回到队列中

回到队列中我挺胸抬头,目视前方
身体像一棵树那样努力地往上拔
就听见骨头在噼噼啪啪地响
像一根竹子被剖开了。当听到向右看齐的命令
不好意思,我甩头甩得慢了两秒
脚下窸窸窣窣,再用三秒才找到
自己的位置。但你是不是应该
表扬我?表扬我还那么瘦,还没有在
灯红酒绿中喝成啤酒肚?
表扬我还能掩藏四十年的岁月沧桑?

接着齐步走,相当于在春天移动一条河流
一片波涛齐刷刷地往前涌
当一块石头溅起浪花,哦对不起
对不起,那个在迟疑中落下小半步的
又是我,那个被后来者踩痛
脚后跟的,还是我
那么追上去!我想我还能追上去
因为我还会使用小踮步,还会用两眼余光

把队列条例中的要领找回来
把在过去的岁月中与连队拉开的距离
找回来；并还有力量扼住
命运的咽喉，把步伐控制在横与竖相交的
那个方位上，那个终生不悔的支点上

（实话说，回到队列里，我也想过
一个六十岁的老兵
我可能真老了，我僵硬的四肢
我在嚓嚓行进中涩涩
转动的骨节，也应该擦点润滑油了）

那支歌就在这时喊起来了，大家
一起喊，一起热血沸腾地喊
声嘶力竭地喊。我们喊：团结就是力量
团结就是力量！这力量是铁……
哦哦，我多么尿，多么不争气
多么掉链子，多么丢人现眼
因为我在喊到第四句的时候，就卡壳了
忘词了，怎么也喊不出来了
啊不！我是被熟悉的旋律打动了
唤醒了，或者说劫持了
因为从这旋律中，我清清楚楚地听见
在比歌声更远的地方，有一簇火焰
在喊我，有一支枪在喊我

有一段汗水浸泡的岁月在喊我

我知道,它们在喊我身体里的铁
喊我身体里的钢
它们就这样喊啊,喊啊
喊醒了一个沉睡四十年的士兵

2014 年 8 月 新疆红其拉甫

堆满银子的地方

从北京日行万里,走到塔什库尔干
我才知道我们的祖国
有多么大,多么壮丽和富有
放眼望去,到处都是雪山
到处堆满白花花的银子
像一座敞开的露天排放的银库
当我走到卡喇库里湖
用雪水擦亮眼睛
由九座雪山组成的宫格尔群峰
光芒四射,静观潮起潮落
而比宫格尔群峰更高更巍峨的
那座,名声响亮
叫慕士塔格峰
我认出它是国家银库中最沉最贵重的
一碇,富可敌国

然后。我们继续往前走
往天边走,往雪山顶上的红其拉甫走
那儿空气稀薄,青草爬不上高坡

但住着一群爬冰卧雪的人
一群被垂直照耀的紫外线照得
脸膛发紫,指甲翻卷,乌黑的嘴唇
常年绽开几滴血珠的人

他们每天的工作,是抬头
数清楚天上的星星
低头,数清楚大地的财富

2014年8月 新疆至北京途中

七号界碑

沿着它左右伸开的臂膀往两边看
你将看见山的裂痕
雪的缝隙;看见逶迤的高高举起的铁栅栏
峻峭地切割天空、大地和仅占平原百分之四十八的
氧;但更多的人看见的雪峰、冰川、冻土
是一座站起来的大海,凝固的波涛
正聚集十万匹白马,排空而去

没什么是可以混淆的。界碑这边亿万年
耸立的山冈,山冈上覆盖的积雪
和在大风中漫天扬起的沙尘
遍地滚动的石头,还有山冈在自身的晃动中
无数次微小的地震中,像河流般
流淌下来的雪沫和粉尘
是我们的!而界碑那边的是他们的
界碑这边的天空滴下一颗露珠,或石缝中
偶尔长出一棵草,归我们;界碑那边
滴下的露珠或偶尔长出一棵草
归他们。最特殊的情况是,山巅上突然站着一只

黄羊或者雪豹,可能它不幸迷路了
正茫然怅望远方,但它向前一步
是我们的,后退一步是他们的
甚至天上的飞鸟和它们衔来的一粒草籽
也如此:落在我们这边,是我们的
落在它们那边,是他们的
甚至刮来刮去的风,飘飘扬扬的雪……

因此站在这里,我们必须睁大眼睛,必须
对我们这边的山冈、雪峰,满山
滚动的石头、漫天飞扬和流淌的雪沫与粉尘
烂熟于胸。必须爱它们,哪怕在梦中
也要紧紧地把它们搂在怀里
包括爱它的酷烈和苍茫,爱它们永远停留在
零度以下的气温,永远也吸不够的氧
就像爱我们的父老乡亲、兄弟
姐妹,爱自己的发肤和手指
爱那个总在喊喊嚓嚓的电流声中
站在故乡的高冈上,失声喊你哥哥的人

2014年9月 北京

三亩江南

苦心自知，对这片在高寒中孤守的土地
这片冰雪孵化千年也只孵化出
石头和盐碱的冻土
他们说，我要得不多，只要三亩江南

只要有三亩江南，他们说，我们就能用这
三亩江南的绿，治疗眼睛里的那片
无边无际的白；只要有三亩江南的根茎和叶片
还有它们的维生素和叶绿素
我们就能筑一座大坝，挡住身体里的
崩塌、沉陷，和天天到来的水土流失

我的天！连石头都被冻僵冻裂了
土壤因冻得大面积坏死
而需要给它们换一个肾，需要从远方运来新鲜的泥土
给它们透析，清除血液中的毒素

你说，还有什么能阻挡这群被白雪刺瞎过
眼睛的人？还有什么比被稀缺的氧谋财

害命，更让他们痛彻肺腑
并发誓要推开春天的门？就是这样，他们垒土筑墙
愚公移山，为这片土地建造了三亩房屋
三亩地热，给菜地穿上了一双保暖的袜子

而作为另一种哨卡，那个负责播种的小伙子
那个在高原服役了十八年的士兵
把自己也种植在那座玻璃房子里
常听他独自喃喃，说茄子、辣椒、白菜、西芹……
现在请听好了，现在请你们跟随我的指令
按照江南的节气开花，按照秋天的时令结果

后来，那些花果然都开了，那些叫黄瓜
冬瓜、西葫芦……的果实
果然结得像江南那样丰饶和壮硕

再后来，那三亩江南和它蓬蓬勃勃生长的
青翠和碧绿
打败了十万乃至百万亩风雪的怒吼

2014年9月 北京

雪山上的三匹狗

三朵奔跑的雪,三段蠕动的山脊
三团火焰在徐徐燃烧,带来
阳光的消息和祝福
三只降落的鹰收敛翅膀,以慢镜头的速度贴地
而行;或者,我还可以把它们
称为士兵、哨所的侦探
信使,和门客、神秘的第五纵队

只能这样。我在此使用的这些词汇
已经够节制够煞费苦心了
但最终我还必须说它们是三匹
狗,那是因为我被它们的本性
和天性,感动并征服了
我不否认我喜欢它们,对它们充满柔情蜜意
体恤和怜悯,类似一个父亲爱他
憨厚的闷声不响的儿子
是因为它们出身卑微,非真正意义的
警犬,甚至从未被列入名册

但我坚称它们三匹狗,肯定还有
匹夫、匹敌、匹配,或者把它们
比喻为关云长胯下那匹
赤兔马的意思
不行吗?你看它们毛发光亮,奔前跑后
总是在该出现的时候出现
该消失的时候消失,模范地遵守着
狗的守则;从不摇尾乞怜,从不为争抢一根骨头
咆哮、怒吼、厮杀,相互打得
天翻地覆或抱头鼠窜
更多的时候它们各负其责:一匹
跟着哨兵上哨,另两匹自觉地蹲在营房门前
高高的台阶上,目光里长出两枚钉子
静静地钉牢远处的雪山、道路
口岸,从天空偶尔飞过的
乌鸦,就像我们经常看到的,居高
临下,整天蹲在法院门口的那对石狮子

我知道高山缺氧,哨所的官兵每三周
轮换一次。要知道驻守在这里即便是
坐着、躺着,胸膛也憋闷得
喘不过气来,如同一只被踩扁的空空的易拉罐
但它们的轮换周期是,从生到死
这让它们的肝肿大,脾肿大
肺页肿大,退化的听觉、味觉和嗅觉

就像被一把隐秘的刀反复削过
唯有那颗肿大的心脏,让它们不离不弃
保持着狗的气节、尊严
以及永远不用来兑现和交换的忠诚

就像那天,当我们从山那边巡逻归来
它们奔袭三公里赶来迎接
那种别后重逢的亲昵,那些眼睛在长久忍受焦灼之后
盈满的泪水,分明在说:
亲啊,沿途雪深路滑,你们都好吗?

2014 年 9 月 北京

慕士塔格峰

从海拔 3100 米的塔什库尔干塔吉克自治县
往回走,是一个接着一个下山的台阶
当苏巴什达坂淡为身后虚无缥缈的
一道辙印,天空和大地各就各位
刚刚还戴着一顶白帽子,在车窗外蹲伏的慕士塔格峰
拔地而起,顿成天地之间的一根定海神针

慌忙回头看,慕士塔格峰已高过天堂
高过神话和诗歌的屋脊
而众山匍匐,甘愿当它的座椅
天际飘浮的云被它一手扯来擦汗和束腰
那种当仁不让,坐在众山之上
和云朵之上的
气派,告诉我它曾经沧海
曾经把亿万年的积雪,坐成天荒地老

而我想,我顺着它宽阔的肩膀用半个小时
从高处回到低处
它是否视我如一朵飞絮,一粒尘埃?

2014 年 11 月 北京

四十二年那么厚的一种钢铁

我在穿透四十二年的一个孔隙里
看他——

冰天雪地。生命中的第一班岗
旷野上的风像一群猛兽
在相互厮打,吼声如雷;有几次把他置身的岗楼
推搡得摇晃起来。他下意识把手
伸向扳机,又下意识
缩回来
他感到他触到了一块巨大的冰

那天他记住了度日如年这个词
其实度一班岗也如年
一生多么漫长啊!当时他想,就算活到六十岁
年满花甲,也还有四十二年供他
挥霍。确实如此,他当的是炮兵
用破甲弹打坦克那种
当时他又想,那么四十二年近半个世纪那么厚的
一种钢铁

用什么弹头，才能将它击穿？

2015年2月28日是个平常的日子
我的上司通知我不要上班了
准备收拾东西回家
他说呵呵，辛苦了，到站了，接下来的每一个日子
你都可以去钓鱼，去游历名山大川
也可以去寻医问药，治治
长年累月被压弯的颈椎、脊椎和腰椎

我愣在那里，恍恍惚惚又怅然若失
透过穿越四十二年那个孔隙
我心里一惊：四十二年近半个世纪那么厚的一块钢板啊
嗖！嗖！嗖！就这样被我击穿了？

透过穿越四十二年的那个孔隙
我看见十八岁的他，仍然傻傻地背着那支
老式 AK-47 冲锋枪
站在风雪中的岗楼里，不时倒着脚

2016年8月5日 北京南沙滩

路过一幢军事大楼

相比京城那些巍峨的高入云端的大厦
它是黯淡的,如同晚清那些落寞的
穿着白丝绸衬衣、黑灯笼裤的
王爷。在北海边这座壁垒森严的大楼进进出出
我至今记得它白色拱顶的雕花大厅
它暗红色的水磨地;它悠长而略显阴森的
走廊,总让人想起俄罗斯人那高大
挺拔的鼻子。穿着笔挺的制服
胸脯高耸的女打字员,在这里行走
永远夹紧她们的小屁股,眼睛像长在额头上
半高的鞋跟一路敲打出橐橐的回声
小参谋和小干事们的头总是梳得一丝不苟
苍蝇落下肯定会打一个趔趄
看见将军们走来,他们会猝然停下
精神抖擞,制式皮鞋的跟部响亮地碰在一起
五指并拢的手像刀一样提起来
贴于帽檐;将军们通常微微颔首,手随便
比画一下,算是给部下们的回礼
他们都是九死一生的幸存者

在纸页发黄的将帅名录中,个个如雷贯耳

而几十年司空见惯的这些画面,就这样
翻过去了,当年那些将军都老了
退了,而且绝大部分不在人世了
当年那些小参谋、小干事,那些骄傲的胸脯
高高挺起的女打字员,也老了,退了
像风吹草籽,不知洒落在哪片土地
哪一道生活的缝隙。所谓铁打的营盘
流水的兵,就这样成了感叹
成了谚语,成了老少皆知颠扑不破的
一条真理。几十年后,当我路过这幢大楼
当我走近它,想再看看它的琉璃瓦屋顶
它像鹰翅般的重檐,哨兵会
警惕地靠上来,示意快速通过,不要停留

2017年8月17日 北京南沙滩

辑三 | 高处　1992—2019

持枪者总在高处行走

举目仰望,那石破天惊的地方
同时也是冰塔丛生荆棘沸腾的地方
高处峰回路转,抑或没有道路
它们盘踞千年。耸立千年。傲视千年
使得最早从这里通过的人
不得不以枪作杖
深深的白雪却漫向他们的眉宇

唯有前行,退路是没有的
黑暗像饿狼般紧随其后
狂风的指爪时时撩起他们的寒衣
让他们像一群裸露的鹰隼,凌空飞翔
招引来另一群人从四处围猎
他们一路跋涉一路点燃白骨
把一路的荆棘,焚为灰烬

然后,他们悄悄地消失
如勇士的剑被时光埋藏
或者如一阵阵秋风卷走所有的落叶

因着时间的堆积

溅落在他们身上的血珠

后来常被人误认为是远天的星星

从此成为趋势：持枪者总在高处行走

当大地落满阳光的鸟群

三月的鲜花从原野汹涌而来

他们正偎依在雪中，枕石而卧

从此成为山的脊骨

今夜星落如雨

我们再次在云层遭遇

涉过银河，我看见天堂的大火

依然在高处熊熊燃烧

他们在惊愕之时

一群鸽子衔着月光

正落在他们的帽檐上筑巢

1992年7月3日 北京

升 腾

光芒自大地的胸膛訇然咳出
我们所看到的只是
一朵巨大的红,一朵巨大的黑
然后一滴巨大的硫酸,从高空
跌落,蚀空所有的眼睛

这是我们从未经历过的黑暗
从未承受过的攻城之火,掠地之火
和野兽之火,比地狱更深
就像大风卷过石头屋顶
——世界就这样沉落了,我们
再也找不到一件御寒的外衣

光芒还在上升!以惊世之美
把我们的梦境绘进天堂
而它携带着那么多尖锐的物质
比动物更凶猛,比悬崖更陡峭
让在高处凝结的雨和雪片
漫天抛洒,渐渐把我们冻僵

而此时此刻,在大地的中心
火焰已穿过岩层的内脏
疾病已深入每一根青草,每一棵
树,甚至每一粒细小的物质
但人类啊,你到底还要爬得多高
才能看到你,最终的墓地?

1999 年 12 月 8 日 北京

兵指楼兰

翅声喧哗,一把钥匙打开天上的炉火

但我们所能看到的,只是
满视野的火星,满视野的黑屑
(这可是神在空中打铁
把那块悬在半空的马蹄,打得
上下翻飞,通体发亮?)

一只鹰就这样带领我们前进
再前进!八百里的火焰
八百里的苦旅,把八百年的喘息
塞进我们的胸腔和肺叶
而八百里的火星,八百里的铁屑
围困的楼兰,却气定神闲
正坐在大火和烈焰的中央

热还在深入!是那种水煮的热
笼蒸的热,炮烙的热
我们穿戴着钢铁,把空调开到

咆哮的位置，也仍然像一群
在热锅里无处可逃的蚂蚁
（有几次，我狠狠地咬着我的胳膊
从新鲜的齿印里
竟闻到了烤肉的香味）

我又看见了那只鹰！看见了那面
在天空中呼呼展开的旗帜
哦！这时你看它连胸脯都撕烂了
连羽翅都烧红了
像一块在燃烧中飞翔的铁

我说：鹰哟，鹰哟！
在这片火焰的沼泽里跋涉
一枚叫恐惧的钉子
沉重，犀利，正打入我们的心脏
你可得允许我们，慢慢地
慢慢地，把它拔出来啊

2003 年 3 月 10 日 北京

圆明园日记

这个五月的黄昏,这些在草丛中
经过雕琢然后又散落的石头
适合追忆也适合怀念
因此我要记下今天这个日子
我要把这个日子命名为
百年一遇;或者说,那漫长的期待
只是为了在今天更深地进入

你看悬在断柱上的那轮落日
有多圆啊,多像个忧伤而凄美的句号
它在宣告开始即结束
结束即开始,而那一瞬间的焚烧
却惊天动地,刻骨铭心
它让我们的手终于绕过一路的
荒凉,触到了灰烬中的火焰

那么重整旗鼓吧,那么坚持我们的
高贵、清洁和雄心不泯
而在一天中偿还一百年的残缺

这也足以让人惊羡和赞叹
仿佛过去的坎坷、崎岖和内心的
挣扎,都是亲切的铺垫
是我们在时光中抛洒的鲜花

你说如此摧毁其实已给我们带来
深深的隐痛?也带来持久的美
持久的感伤与哀悼;但那份苦难中的爱
那石头中的火,甚至那
火焰中的呻吟,我们都必须留着
就像黑夜就要降临
我们必须留住天空的闪电

是这样。这些青草,这堆灵醒的石头
这扇我们在层层石头中
艰难推开,马上又将隆隆关闭的门
注定要成为一个人的记忆
一片土地的记忆
因此我要记下今天这个日子
因此我要痛彻心扉地说:一日长于百年

2004年5月15日 北京

打铁的　铁打的

写下他的名字,我就听见从远处传来
密集的枪声,凄厉的厮杀声
如一股尿越迫越近
越迫越近,用什么也堵不回去
街坊们惊惶四起,纷纷关门闭户
唯有他依然不熄灭炉火
依然赤裸着胳膊
锤起锤落,在丁丁当当打铁

当一颗慌不择路的子弹撞进门来
咣当一声,落在他脚下
他拾起这一小块铁,这一小块
发烫的铁,会飞的铁
突然知道他手中的这把锤子
他铁砧上的下一块铁
该怎么打,该打成什么模样了

我不明白的是,这个身高一米八几的
打铁的,这个被手枪、步枪

狙击枪,被射击时如同咆哮的
马克西姆机关枪,当然还有
在上甘岭,被美国人动不动就一突噜
一突噜的汤姆冲锋枪
从各个方向,从各个时间的深处
移动着,反复瞄准的目标
当年他打铁,当年他在尿频尿急般的
枪声中,从容淡定,门户洞开
难道就是在等待一颗子弹的
突然造访和召唤?
而且他还长着两颗巨大的门牙
在未来的道路上,你说他是早就知道
有许许多多的苦难
许许多多的仇恨,和无边无际的
痛疼,需要去狠狠咀嚼?

是啊!战争是一枚多么坚硬的核桃
如果你要把它磕开
如果你要咔嚓一声,再咔嚓
一声,把它们一枚一枚地
咬个粉碎,从中取出人脑般的干果
那你是要长出黄金般的
稀缺之牙?钢铁般的锋利
之牙?还是岩石般的
亘古之牙?虽然我不知道他那两颗

大门牙,到底是用什么做成的
但我知道他那可不是两颗
平庸之牙、凡俗之牙
但我知道不管是铁打的,还是铜铸的
他一路遇上的核桃
都被他咔嚓、咔嚓咬碎了

七十年后,我来到他的故乡渼陂
来到他当年打过铁的街道
打过铁的铺子,寻访他的英名
但此刻已人去楼空
他用过的名字,也由打铁的
改为铁打的。一片土地都为他感到光荣
是的,是的,他参加过开国大典
是个战功赫赫的开国
战将。墙上写满的文字介绍说
在历史的天空下
他冲锋,他呐喊,他九死一生
所有的子弹遇上他
都哆嗦,战栗,突然改变了方向

我相信,从打铁的到铁打的
是一部书的善始善终,是一条奔腾不息
滔滔不绝的大河,从涓涓
溪流,历经九九八十一弯,九九

八十一难,终于走到了大海
这可不容易啊!因此那三个字的
排列组合,如同鬼斧神工
点石成金。如果你也想撬动它们
也想改变相互之间的
位置,除非能撬动三座大山

2007年5月20日 北京

到山顶去歌唱

代一个赤卫队员
在1931年5月16日吉安东固白云山
激战打响之前书写遗言

我白发如雪的母亲,我尚且年幼的
妹妹啊,我就要去战斗了
届时,请用你们在七月的田野里
拾捡稻穗的手,拨开草丛
拨开在这场战争中疯狂生长起来
又被雨水漂白的根须
然后从泥土里,从被暴风雨冲刷过的
乱石涧,把我轻轻地拾捡起来

你说你届时还能触到我的体温?
我久久散发不去的
血味与汗味?你说届时当你们的手
和我们的手,在尘土中相遇
我们还能握住彼此跌落的
那一滴滴泪水?哦,我想应该是这样的

这就像同一把剑刺中两个咽喉
它打开的原是同一条河流

届时,就把我堆在山顶上吧!就把我
亲密无间的十个手指
十个脚趾;把我的那些好兄弟
那些嘴唇上也长着绒毛,像你们的儿子或兄长
一样年轻的士兵,都收集起来
堆在山顶,然后让我们互相
缠绕,相互渗透,相互说说今天
还没来得及说完的话
再然后,请让年年依旧的风
就像吹箫那样,吹响我们的白骨

我白发如雪的母亲,我尚且年幼的
妹妹啊,我就要去战斗了
我就要去和那些来围剿我们的人
点火烧毁我们房子的人
去劈杀,去肉搏,去你死我活了
但请记住,请记住啊
届时,请用你们干净的手
把我们散落的手指和脚趾,散落的
头发和牙齿,轻轻轻轻地
拾捡起来,然后都堆在山顶

这样我们就能永远看见我们曾战斗过
我们曾露宿过的茅坪、大垅
新城和古城了……这样我们就能
永远倾听江河奔腾，如同我们永远守着
山上的白云，山下的禾苗和炊烟

哦哦，这是我们最后的夙愿
就把我们堆在山顶，就让我们到山顶上去
拥抱，到山顶上去上歌唱
届时我要登高望远，并借助高高的
山冈，最先摸到雷的吼声，最先接住
从高处飘下来的一片片雪花……

2007 年 5 月 30 日 北京

偏　师

　　赣水那边红一角
　　偏师借重黄公略
　　　　　　　　　　——毛泽东

战斗开始了！你站在山巅向远处眺望
有一双眼睛站在更高的地方
也在眺望你，追踪你
这可是没有办法啊！因为你是偏师
因为你们没有自己的天空
只能把背脊留给他们
彻底暴露给他们，而且你的那些蛮勇的士兵
武器粗糙，必须以一当十
没有一把刀不掀起血雨腥风

还用得着怀疑吗？在你对面的山头上
在某片悬崖或某棵大树背后
有一个你黄埔的同窗
肯定也举着望远镜，在四处寻找你
你甚至看得见他脸上的刀疤

他嘴里镶着的那枚
灿烂的金牙。从武昌到平江
东征,北伐,西讨;围剿与反围剿
兄弟的情面被一滴血撕破
从此刀锋两隔,看谁
最终能翻得过去,谁能笑到最后
因而当你举起望远镜
搜索着对方的踪影,他们也擦亮了
仪表盘上瞄准你的箭头
当你下令吹响冲锋号
他们从高处俯冲下来,打开弹仓
从天空泼下一片钢铁的大雨

战斗开始了!子弹的雨滴无孔不入
但你是不会迟疑的
你气冲丹田,撕破嗓子高声喊道——
兄弟们冲啊!杀啊!
用我们身体勇敢地堵上去啊!
把那些气焰嚣张,总诬蔑我们
赤匪,恨不得把我们
踩在脚底,赶尽杀绝的人
都给我剁成肉酱啊!
但是……但是,在死亡的沼泽里
跋涉,到处都是陷阱
到处都是吸血喷火的野兽

现在就要看谁的牙齿
更为锋利,谁在闪跳和腾挪中
不给对方留下一道缝隙

而我现在该对你说什么呢?
我想说,在那天,当你挥舞着大刀
咬牙切齿地把暂短的
生命,就像赌命的士兵那样
裹在那套皱巴巴的
沾满汗渍,也沾满血渍的
灰布军装里;当你投入火焰
像狂风那样向山下刮去
隔着那么浩瀚的一片星空
我怎么能告诉你:哦哦,我的前辈
且慢,且慢!请悠着点吧
请你就站在那座山巅
再坚持一下,再忍耐一会儿
那场给共和国开国元帅和开国将军
授衔、授勋的隆重典礼
只要再过二十四年(不长啊)
就将在我们的首都北京
在金碧辉煌的中南海怀仁堂
举行了。而在那儿
在那儿啊,当然会有你的一把椅子

那三颗从空中横扫过来的子弹
可是有小拇指那么粗
有你在决死前搀扶过的那根
竹拐杖那么粗;而且,它们跑得比你还
猛烈,还迅疾,还快!
哦哦,那三颗子弹,那三颗子弹
它们其实更像三道闪电
三枚从天上狠狠砸下来的钉子
尖锐,锋利,就像鸟一样
发出奇怪的啸叫
这时只听噗!噗!噗!……
凄厉而短促的三声,它们就把你
掀翻了,就像偷猎者把一匹
斑斓大虎,掀翻在山冈上
而你那因连年征战
连年日晒雨淋,而孱弱,而枯干
而瘦骨峋嶙的脊背
就在这时长出了第三、第四和第五只
眼睛。大股大股的血
大团大团血中的泡沫
喷涌出来,时光河岸般轰然崩塌

啊!我想你最后的时刻,肯定也是你
向往已久的最美丽的时刻
这时你看见天空是红的

大地是红的：岩石，树木，青草
天上飘过的云彩，峡谷里
哗哗流淌的溪水，还有
环绕在你四周，那些为你悲泣恸哭的
士兵，为你铮铮嘤鸣的刀枪
这一切的一切，一切的一切啊
都是红红的，红红的
红红的。你说你倒卧在这片红土上
为国捐躯，是多么幸福
你说你从此将仰躺在这个
红彤彤的天地里，独自翻身、沉吟
在寂寞难耐的时候
伸出手去，摩挲天上的星辰
是多么幸福。你说那时你就像
躲在一滴酒中，一滴
绵密醇厚的酒中，一醉千年……

我要诅咒的是从天上飞来的那个伙计
那个畜牲，虽然我至今仍找不出
他的肤色，他的语言
他血液的浓度，他姓氏中的DNA
与我们，到底有什么不同
但他服从天职，在1931年9月15日的天空中
射出的那三颗子弹，竟洞穿了
我们的这段历史和记忆

三个巨大的血窟窿啊，触目惊心

事后我考证：射出这三颗子弹的
是一挺机载重型机关枪
口径12.7毫米，有效射程3000－5000米
出自善于精密制造的德国
那硕大的枪口，塞得进一截手指

2007年8月16日 北京南沙滩

养在肺里的弹片

见过一棵大树用它裸露的根,活活吞掉
一块石头,一面汉代或唐代的碑吗?
那种过程持久而猛烈
比河流改道还慢,比阳光洗白一个少年满头的青丝
还慢,如同我看见过的一个老兵
用他的肺,活活吞掉一块弹片

我是在澡堂里,在南方一座军队大院的
公共浴室,看见这个秘密的
那时候党风纯洁啊
一个将军和一个抄抄写写的干事
只隔着一道干净的布帘
而他就在布帘的那边
指名道姓,唤我去帮他搓澡
为此他大声吆喝,动用了他小小的特权

澡堂里白雾弥漫,两个男人赤裸相对
这情景至今让我难忘
(我发现无论你是国王,还是乞丐
只要褪去衣饰,彼此呈现

你就拥有同样的自尊,或同样的自疚)

将军他矮。胖。黑。圆圆滚滚的
像一个随时能弹跳起来的皮球
他双手撑在墙壁上
把身体交给我(就像把他美丽的女儿交给我)
让我从背后搓,从身旁搓
然后又面对着我,让我搓他的脖子
他辽阔而肥厚的胸膛
这时我就看见了他身上那个肉坑
比我们的拇指还大,就像
地漏那样凹下去(实话说有些丑陋)

"是个弹坑!"将军或者我的前岳父
看出我的羞涩和惊愕
骄傲地对我说:害怕吗小子?
那是日本人干的
他说那年他才十八岁,在战场上像只无头
苍蝇,只顾得抱着枪疯跑
突然听见轰的一声,又噗的一声
那块弹片便折断他一根
肋骨,像一粒豆钻进他的肺叶

他说,当时没有一个人想到他能活下来
就像没有一个人能想到战争带来

毁灭,但也能创造奇迹
你说那时哪有医生
哪有什么麻药啊!就只能扔在草席上
等待他流尽最后一滴血
然后在乱葬岗上随便挖个坑,把他埋了

说到这里,我的前岳父哈哈大笑
好像他幸存下来
是在战争中捡了个大便宜
就像他把用这样的一副身体制造的女儿
嫁给我,让我也捡了个大便宜
但我怎么笑得出来?
我知道他从此把那块弹片吞在肺里
养在肺里,与它终生
相伴,如同他长出了另一页肺

我的前岳父,这个将军级老兵
是在他八十岁那年无疾
而终的(真遗憾,没有人通知我去参加葬礼)
但凭着从他骨灰里扒出的那块
弹片,那块在他的肺里养了
六十年的铁
我要对着他的亡灵说:恩怨几何
但我是爱你的,且深深地爱……

2008年1月15日 北京南沙滩

钢盔上的弹洞

其他的都可以省略,偌大的一个兵器馆
我只看中这顶乌黑的钢盔
只看中钢盔上那个触目惊心的弹洞

浑圆。深邃。一团漆黑……

这一个上午,我就这样被钉在这里
顺着阳光照射的每个角度
仔细地看,反复地看,凝神屏气地看
让血管里的血停止奔流
让胸膛里的心,在这一瞬停止跳动

锈迹斑斑的钢盔,一团漆黑的弹洞
多少泥土,多少水渍
多少蜂拥而来,拍岸而去的岁月
都没有把那一团黑驱散
没有堵住这个窟窿,你说它有多深?

我想,它大概有六十年那么深

大概有三千年那么深
而我祖祖辈辈居住的大地，一望无际
我扎进血泊中的根，没有一根
不为它痉挛、颤抖和哭泣

戴过这顶钢盔的人，他是谁的儿子
谁的兄弟？哪个女子曾在他胸口
留下过彻夜缠绵的齿印？
但我看见的只是一个弹洞，一个窟窿
或者说是一种痛，深不可测

这就是战争！它就像捕杀一头烈豹
总是躲在我们看不见的地方
躲在阴影里：瞄准，射击
然后让一颗头颅，突然脑浆迸裂……

2008年1月27日 北京南沙滩

哎呀嘞……

如果我说她们的歌都是从血管里
喊出来的一滴滴血
那你准备用哪只耳朵来倾听?

哎呀嘞……噢是的,就是这样的
我熟悉的她们的所有的歌
都是这样打开的,她们所有的歌都是这样
割腕断臂,势如破竹
就像第一次打开她们的贞操

然后她们对着苍天唱,对着大地唱
对着在那一刻就像豹子那样
疯狂扑倒她们,撕咬她们
又像剥笋那样,把她们剥开的
男人们唱。那一刻,你除了为她们去生
为她们去死,没有第二种选择

哎呀嘞……哎呀嘞……那一声声喊
那一声声撕心裂肺地吼

摧枯拉朽！是爱，是恨，是情，是仇
是藏在她们身体里的老虎
从喉咙里蹿出来，快活地狂啸

她们也就这样啊，把她们的歌
她们的爱与恨，情与仇
唱给那场革命，那穿草鞋背土枪的
一次次暴动；唱给染着她们的
忠贞之血，灵肉之血
然后在刀把枪柄上系着，在滚滚
烟尘中，猎猎飞舞着的
那些红缨、红绸、红飘带……

但最刚烈的那一支，最悠长的那一支
在心里久久忍着久久盼着的
那一支，她们要唱给那些去天边
远征的人，她们要唱给那些
站在山崖上，永远等也等不回来的人

哎呀嘞……你听，她们现在又在唱
又在对着远天远地的方向
嘶声地喊。但你望穿秋水也看不见她们
找不见她们，不知道她们藏在
大山的哪一条褶皱里
哪一片红得就要滴血的叶子里

我骄傲的诗啊,在这样一支
从血泊中飘起的歌谣里
今夜,你为什么泪流满面?

2008年5月 江西吉安

战争喜剧

哦！请允许我把战争写成喜剧
请允许我再适当地加进点
幽默。因为我要写到一个人的隐私
写到他的臀部（也就是屁股）
为此，必须隐去他的姓名
做出某些剪接
虽然他是个将军，曾经如雷贯耳

还必须申明，那是个不会为名誉权
到处打官司的年代
不过他当时也根本不准备打这种
无聊的官司
否则就不会歪坐在主席台上
说起他的屁股，就不会用他那扇屁股
举例，谆谆教导我们这些新兵

将军说起了战争。他说在战争中
子弹嗅觉灵敏
都长着一只狗的鼻子

只会往你的恐惧里钻，往你愚笨的身体里
钻。而他遭遇的那一场战争
是在一片开阔地
但那时他还没有学会隐蔽
只会就把头钻在田埂下
高高拱起个屁股，如一只鸵鸟

隐藏在四十年前的那只凶狠的眼睛
就这样找到了目标
那粒有手指粗的老七九步枪子弹
就这样穿过旷野，划破
轻拂的风，叽叽一声飞过来
当他准备站起来
（其实站不起来了）
却发现身上像少了什么
然后便发现
他的四分之一个屁股，已不翼而飞

必须指出，将军在那个时候
还不是将军
而只是个地道的农民
三天前还在犁田、箍桶、打猎
三天后便同他那些
犁田的兄弟，箍桶和打猎的兄弟
上了前线，如同去围猎
结果自己成了猎物
那屁股上中的一枪

至今让他痛心疾首,刻骨铭心

曾是农民的将军在许多年后
歪坐在主席台上
对我们这些新兵说起了战争
说起了他在战争中
失去的四分之一个屁股
但他没有说
他是怎样带着他那扇残缺的
屁股,钻出枪林
钻出弹雨
怎样成为将军的
他只是说:孩子们,小兄弟们
想成为我这样的老兵吗?

将军说,如果你想成为老兵
成为像我这样的将军
你就得先学会
跑步、射击、刺杀、格斗
学会像豹子那样
腾挪闪跳,像狼那样匍匐前进
当然还要学会隐蔽,学会
把你身体的每个部位
藏进战争缝隙,子弹的缝隙
包括藏起你那两扇屁股……

2008年8月19日 北京南沙滩

谢　幕

时间多么残酷！它让铁锈爬上他们的勋章
他们假肢上深埋的钢钉；又让他们
像老人那样老去，那样死去
而送别的次数多了，通往八宝山的那条大道
我已清楚地记得需要经过
第几个路口，然后从第几棵槐树向右拐弯

都是些曾经威风八面，曾经让自己
那坚强的胃，嚼钢吞铁的人啊
他们从泥泞里拔出腿来
紧跟着前面的同伴，在沸腾的硝烟中
冲锋陷阵，像割草般割去一些人的头颅
当枪弹划过躯体，鲜血奔涌
只能用破布、碎土或草叶去封堵

那颠荡的岁月是怎么走过来的？
那些笑靥如花的兄弟
他们是怎样把自己当成枕木，铺在
湍急的河流里，咆哮的风暴中？

但肩拉着战争的犁铧
谁也不敢松懈和停留；一旦
停留，蒿草便会长满垂落的头颅

而这些最后的幸存者，最后的
勇士和骑手，当和平的日子像抒情的雪片那样
飘来，当儿孙们像葵花那样绽开
簇拥在身边，他们却再也走不出记忆的
泥沼，仿佛两条腿依然在跋涉
仿佛活着对死去的人，永远心怀歉意

但太阳照样升起，时光的落叶在他们
脚下渐渐堆积，渐次淹过膝盖
是什么时候从喉咙里传来
一阵阵呼哨，仿佛卡着一只小鸟？
是什么时候当你抬起头来
寻找昨日的星群
天上的光芒，已刺得人睁不开眼睛……

2008 年 10 月 24 日 北京平安里

轮 椅

夜色就要降临,他说他要去告别
去向一座大海告别
在场的人都屏着呼吸,目瞪口呆

淮海啊,淮海!一个行将就木的人
一个生命的指证在监护仪上
微弱地攀爬又滑落的人
他再次说到了大海
这时他眼前果然就涌来
一片海水,漆黑的大海涛声依旧

他说他看见的大海可不是黑的
而是红的,就连礁石、鸥鸟和船帆
都像泡在殷红的血泊里
他就在这座大海里搏击,泅渡,沉浮
如同被海浪掀起的一朵泡沫

他说你们都看见了吗?那可是一座
火焰呼啸的海,风雷震荡的海

有多少人扑进这座大海
就有多少人触到了海水的寒冷
和滚烫；就有多少人
带着海的记忆，重新淹没在人群里

天不知在什么时候完全黑了下来
天完全黑下来的时候，他说
现在好了，现在我再不需要轮椅了
现在我要去看看那座大海
看看埋着我那两条腿的地方
是否干涸，是否长出了两畦麦子

2008年10月26日 北京平安里

落区,落区

走进这个词,都以为天空五彩缤纷
从高处不断有新鲜的雨滴
露珠,婉转的鸟鸣
落下来;有蝴蝶的翅膀,蜻蜓的翅膀
斑斓如花,背负着阳光翩翩飞过
当秋日来临,落叶狂欢
一片片,就像音符那么飘,情书那么飘

但没有,一切都没有,你想看到的
这些,仅止于诗人们的抒情……

我看到的是火的暴力,原子的暴力
四野落满石头的尸骨
或者说,石头不再是石头,它们
一颗一颗,一片一片,像焦炭那么黑
那么丑陋;也像燃烧过的焦炭
痛苦地抱成一团
如果贴近耳朵,你或许能听见
它们在呻吟,在咬牙切齿
而火焰当空,阳光太盛情太猛烈了
也太明亮!有如探照灯里的钨丝

眼看要燃烧到
崩溃和毁灭,让我们双目失明

(喂,天空和大地都被烧红啦
哪个傻小子还在埋头
苦干,继续往炉膛里加煤?)

我们小心翼翼地站立和行走
没有一滴汗冒出来
或者说汗水刚冒出来,就被干燥的风
扑灭了;甚至都不敢呼吸
唯恐把那些看不见的毒吸进肺里
然后让我们的肺发热,溃疡
如同熟透的瓜那般腐烂
脚则谨慎而行,不敢去碰那些石头
它们那么的黑,那么阴气
沉沉,就像那些夹着尾巴
不声不响跟上来的狗,谁能保证它不会
突然扑上来,狠狠地咬你一口?

再说那些尘埃,它们在四十年之后
还能搭乘着风的翅膀
往我们的骨骼里飘?血液里飘?
或者说尘埃,尘埃
四十年过去,它们还想跟我们远走天涯?

2011年5月5日 北京平安里

陪一个大姐去南方寻找父亲

医生在她的脖子上拉了一刀,取出
癌;一场车祸折断了她三根肋骨
七十九岁那年,被机器诊断出中度脑梗死
症状为:头晕、目眩、间歇性呕吐
走在路上常常像风车那样旋转,之后
便栽倒,手脚被跌得青一块紫一块
体无完肤。这个浑身打满补丁的人啊
她知道她老了,但执意要去南方寻找父亲
寻找她血脉的源头。她说她可怜的父亲
死于暗疾,他用了四十八年去死
用了四十八年把身体里的气血、蛮勇
忠贞,积攒了半个多世纪的眷恋
一点点耗尽;用了四十八年,把尸骨
从南方一路抛向北方。四十八年
再四十五年了,她说,风雨洗刷草木
她要把她父亲散落的骨头,一块一块
捡回来,洗干净,埋在她心里
这个浑身打满补丁的人啊,她跟跟跄跄
颤颤巍巍,在人迹罕至的高山上走

在茅草霸占的鸟道上走,像一只纸糊的灯笼
站在近处就能听见她身体里有瓷器
打碎的声音,布帛像帆一样渐渐鼓满的声音
我走在下风口,小心翼翼地搀着她
时刻提防小小的一阵风吹过来
哗的一声,把她身上的补丁再一次撕开

2014年10月15日 北京平安里

听某老将军回顾抗战

他们用比我们提前一百年的钢铁打我们
又用比我们退化一百年的
野蛮、凶悍和残暴
杀我们。他们训练有素,精通操典
和武士道,枪法百步穿杨
如果落入绝境,不惜刎颈、切腹、吞剑

他们是一条大象粗重的腿,提在半空
而我们是一群溃穴的蚂蚁,四处奔逃

只有熬!只有在血泊里熬,在刀刃上熬
只有藏进山里熬,钻进青纱帐里
熬。只有把城市熬成废墟
把田野熬成焦土,把黄花姑娘熬成寡妇
只有在五十个甚至一百个胆小的
人中,熬出一个胆大的
不要命的。只有把不要命的送去打仗
熬成一个个烈士。只有像熬汤那样熬
熬药那样熬;或者像炼丹

炼铁，炼金，炼接骨术和不老术
只有熬到死，只有死去一次才不惧死
只有熬到大象不再是大象
蚂蚁不再是蚂蚁
只有熬到他们日薄西山，我们方兴未艾

只有把一座大海熬成一锅盐，一粒盐……

2015年5月9日 农展馆南里

同床共眠

睡觉的时候他从来不脱内衣
从来都是先把灯扑灭
然后趁着黑暗进入,像个贼

他黑?这是当然的。看得见的地方
像夜晚那么黑,像煤炭那么
黑。看不见的地方
她从未看过,虽然她是有资格看的

就是个农民。蛮野粗黑那种农民
连做那种事也像犁地
下死力气
喉咙里传出咕噜咕噜
牛饮的声音。她感到他是在用骨头硌她
用铁硌她
那么冰凉尖锐,那么硬

那天,他躺在那里还是不脱内衣
这次他是不得不要脱了

这次她帮他
脱

六十年后,她被天天睡在一起的
这个人,吓坏了
六十年后她被他满胸膛丑陋的
伤疤,被他用满胸膛丑陋的歪歪扭扭的伤疤
注释的那一生经历,那些血流
成河的战事,吓坏了

六十年后,她发现在她的床上
睡着一只老虎

2015 年 5 月 10 日 农展馆南里

紫荆关

我看过七十年前的那张黑白照片
看过在城头上站着的那三个
八路军,他们何等英俊
和威武!就像三根旗杆笔挺地插在那里
就像三束阳光,融化了那年的
积雪、悲怆和深深的哀伤
我还看过那几个打扫战场归来的背影
肩负三八大盖和小钢炮,步伐
整齐,正向城下的门洞
走去,如同一条江河穿越群山

当然还有看不见的,它们隐藏在
照片的背面,时间的背面
比如血,总是往低处流
比如他们中有的人,此时此刻必须在山冈上
掩埋尸体。不!不是侵略者的尸体
对他们只能垛起来用一把火烧了
让他们死无葬身之地
而我们的战友,他们在战场上大片大片
倒卧,有的咬住对方的耳朵
有的死死锁住对方的喉咙

必须把他们分开,必须每人挖一个坑
小心安放,并在一块木板上仓促
写上他们的名字、籍贯和战死的时间
这时活着的人会对他们说:
安息吧兄弟!胜利后我们会回来的
胜利后我们会回来为你们
洒酒祭奠,我们还会为你们立一块碑

如果你的方位感足够好,那么请往
左边看,那里是倒马关;再往
右边看,那里是居庸关
如果你听见了哗哗的流水声
我要告诉你,那是易水,荆轲曾在那里
磨过剑。如果有一座峰峦挡住你的
视线,我要告诉你,它叫
狼牙山,我们有五个壮士,飞身
一跃,在那里跳过崖……
哦,就是这样!就是这样关与关相扣
山与山逶迤起伏。当春天到来
漫山遍野的紫荆花
疯狂盛开,这时你才知道
那是一朵朵喊叫的魂,喊叫的命

而岿然不动,在照片最深处站着的
是我们的脊梁,我们的太行山!

2015 年 5 月 16 日 农展馆南里

在欢呼的人群中

那么多的人在欢呼。那么多男人和女人
老人和孩子;那么多鲜花、旗帜
泪水,噼噼啪啪炸响的鞭炮
在欢呼。他慌忙寻找他班里的兵
寻找赵山西、钱山东、孙河南
李河北、周四川……还有胸膛被三八军刺
戳穿,仍然咬着牙往前一挺
把那个鬼子也戳穿的
吴四痞子——呵呵,你瞧你瞧
他连这个兄弟的籍贯和大名都忘记了

在沸腾的大街上走,在人群和花丛中
走,他找不到喘息的地方
也找不到像那天那样,兄弟们都战死了
他握一把大刀,号叫着冲上去
撒野的地方。当他发现自己
还活着,浑身的血
浑身污浊腥臭,像泥浆那般糊了他一身的
鬼子血,他奇怪地问自己:你还
活着?你为什么还活着?

谁给你三头六臂？谁允许你借尸还魂？

然后他用脚去踢那些尸体，踢那些鬼子
被劈碎的肉块。他渴望有一个活的
混迹其中，突然跳了起来
和他肉搏。这时候他会对他咆哮
说狗日的，你来啊，来啊！有种把我
也劈开；有种让我也死一回
但是没有，但是，没有一个鬼子是活的
这时他像孩子那样哭了起来
他嗷嗷呕吐。然后他爬上那座山梁
对着苍茫的天空，大声喊那些名字
他喊赵山西、钱山东、孙河南
喊李河北、周四川……
喊连大名和籍贯都忘记了的吴四痞子

但走在大街上，走在人群和花丛中
他找不到喘息的地方，更
找不到撒野的地方
甚至找不到一个万籁寂静
用他嘶哑的声音，再一次喊叫的地方
但他就想回到那座高高的山梁上
呼天抢地地喊，撒泼打滚地
喊！就想把他失散的兵
喊回来，把漫山遍野的鬼，喊回来

2015年5月17日 农展馆南里

赵一曼女士

一

一滴水能走多远?我是说一滴水
当它从川南的某座山上的
某个泉眼里,珠圆玉润地冒出来
当它潺潺湲湲地汇入
溪水
河水
江水
三天两夜,这滴水能走多远?

一滴水,它可以是一滴晶莹的露珠
一粒清脆的鸟鸣
也可以是一朵带着点麻辣味的
充满思想又充满憧憬的
阳光。一滴水在宜宾的这个
叫伯阳嘴的小村庄
孕育十七年之后,从她的
家门口出发,翻山
越岭,她想去看看外面的世界

究竟有多大
她要去寻找一条磅礴的
河流；她要汇入这条河流的
浪涛之中，和雷鸣之中

一滴水欢蹦乱跳地走了三天两夜
认识了从云南走来的水
从青海走来的水
它和云南的水和青海的水
亲密相拥，紧紧地
抱成一团。一滴水当它走进岷江
走进金沙江，它的流速
它的视野，也像岷江和金沙江
那样，渐渐轰轰烈烈
渐渐滔滔不绝，渐渐一泻千里
当它走进长江，它的胸怀
它的气魄和豪情，也像长江那样
浩浩荡荡，那样波澜壮阔

一滴水，许多年后人们才知道
它纯净，饱满
携带着一个少女的爱恨情仇
一滴水，她美丽
倔强，是在伯阳嘴长大的那个幺妹

二

他们猜不透她的骨头是用什么做的
他们黔驴技穷,在用烧红的铁
烙过她白皙的胸膛
她荡漾的乳房,甚至她隐秘的私处
之后,把一个活生生的人,一个
活生生的美丽而又优雅的女人
烙成了一块乌黑的炭
只差点一把火,她就会熊熊燃烧

这些禽兽不如的人,卑鄙下流的人
他们绝望了,他们歇斯底里
最后全力以赴对付她那条腿
这是唯一的机会了,他们渴望用最后的残忍
和疯狂,从那条腿埋藏的
骨髓里,把他们需要的口供掏出来

一条断腿。一条他们漫山遍野
像围猎那样,驱赶着大狼狗
撕咬过的腿;一条他们用密集的子弹
像撒网那样,追踪过的腿
现在这条腿断了
露出惨白的骨头。他们就从这条断了的腿
下手,动用十八般武艺
把这条腿打断了再接上,接上了

再打断。他们黔驴技穷
像疯了一样,把一个
女人折磨得
死去活来,鲜血淋漓
但他们得到的,是奄奄一息的
呻吟声,是她愤怒地用来对付
残暴和疼痛的叱骂声
是骨头在断裂后再断裂的吱嘎声

这些野蛮的人,丧尽天良的人
他们不知道,她那道连一条缝
都不会为他们打开的
灵魂的大门
铁锁铜关,是任何力量
也撬不开和砸不开的
他们不知道,她这道灵魂大门
的门楣上,还刻着
一行字:唯日本人和狗不得进入

三
何其圣洁的胸脯啊!又何其辽阔
她用来盛装血泪、叹息和歌哭
一个国家破碎的山河
而耻辱和仇恨,是她溢出的部分

从此,她把仇恨和耻辱,压缩

再压缩,捆成背包背在身上

那身挺括的军服,让她飒爽英姿

即使站在男人的队列中

也不失血性和刚烈。之后,她像男人那样战斗

像男人那样爬冰卧雪

在祖国的长白山

频频发起班进攻、排进攻、连进攻

最后。作为团政委,她是这支铁骑的

旗帜、号角、锋利的刀刃

在山林里呼啸而来,呼啸而去

马蹄下溅起的雪浪

铺天盖地,像一阵阵掀起的白旋风

当辚辚囚车载着她驶向刑场

她才想起自己是一个女人

一个男孩的母亲。这时,她想到

应该给儿子写一封遗书

想到应该对儿子说:宁儿啊

既然妈妈不能用乳汁

哺育你长大,那么就让妈妈用血

哺育祖国的这片贫血的大地……

2015 年 9 月 湖北宜宾—北京

火焰:391高地

那几天我都在苦苦思索疼与铜
我在想它们是否
互为因果,是否有一条秘密通道彼此抵达
虽然它们音相近而意相远

是的。我在寻找一个人和一座高地
我在触摸这座高地的一堆灰烬
留下的余温
几个关键词是:远东。391。潜伏
盲目坠落的凝固汽油弹;冲天而起的烈焰
燃烧至1000℃,瞬间让岩石崩溃
和流淌的高温;嘹亮的寂静……
与此相关的那个士兵
花名册的籍贯栏里填着:中国铜梁

我在想,那时他的手该如何深深地插进泥土
他两排雪白的牙齿该咬住
多大的仇恨。而当他听见狂欢的火
用它的身体举办盛宴的火

燃烧他一身 206 块骨头时
发出噼噼啪啪的声音
他想过酣畅淋漓地喊一声疼吗？

他把他的死堆在高地上
一堆灰烬！一堆灰烬从此成为我们这片
千疮百孔大地上的
一块补丁

我知道同一时刻，夕阳正照耀
他故乡的那道山梁
远远看上去，像一锭烧红的铜

2016 年 4 月 28 日　北京

一个人和一面碑

一

永兴是个好词,但用一艘军舰的名字给这座岛命名
是不是太轻了?就像画龙还没有点睛
而他,张君然,在这座小岛上
就将成为这个画龙点睛的人
此时此刻,他把他齐膝高的军靴抬了起来
用阳光垂照的姿势,挺了挺身板
接着以封疆大吏的派头丈量这座岛屿
他从东走到西,从南走到北
走着走着,忽然站在那儿不动了
然后,他看了看那座空荡的炮楼,又看了看
像白岩石那般涌来的大浪
狠狠地跺跺脚说:嗯,就在这,给我立一面碑

二

收复也是个好词,虽然在这之前我们经历了
蹂躏、践踏、残暴;经历了
以牙还牙,以命夺命
借此天地翻覆,我必须对世界说

那么大一片国土
不屈不挠,我们曾悲壮地用血洗了一遍

谁能说我们流过的泪,不是一座海洋?
而我们的悲伤,我们的
痛,也像这片大海一样,辽阔而宽广

是的,必须收复!必须收复我们自己的
每一寸土地,每一条河流,每一棵草
哪怕它赤地千里,只是一片沙漠
一缕迷离的月光,包括南十字星座下的
这片群岛,岛屿上的抗风桐和羊角树
树丛中雨点一样落下的鲣鸟
鸥鸟和军舰鸟;包括海里的鱼、砗磲、珊瑚虫
海葵、水母、沉船,和沉船上的瓷片
包括海面上和天空中,一望无际
的蓝,深不可测的蓝
当然也包括在占领者如丧家犬那般逃离
之后,在他们遗留的那座炮楼下
庄严地立一面碑,并用这面碑告诉
千秋万代:这里是我们的
中国的!托举它的,是二百万平方公里美丽
丰饶,就像家园那么圣洁的,蓝色海疆

"哈哈!天王盖地虎,宝塔镇河妖!"

三

我第一次发现我们的繁体字,是这么的美
这么的沉雄,博大,雍容华贵
如同司母戊青铜鼎上的纹饰
与它站在一起的,是嫦娥奔月、后羿射日
是秦砖汉瓦,唐诗宋词
是指南针、造纸术、火药、印刷术
是临潼兵马俑眼里的霸气,长城蜿蜒的烽燧和垛口
是故宫屋顶上依次排列的龙
凤、狮子、天马、海马、狻猊、押鱼、獬豸
斗牛、行什;是灵渠、都江堰、坎儿井
大运河;是丝绸、茶叶、漆雕、蜡染
敦煌莫高窟壁画中长袖
善舞的飞天、京剧舞台上咿呀呀的唱腔……

我第一次发现我们古老的汉语,蒹葭苍苍
把那么多根须,深深扎进母系的水土
而且颜风柳骨,它们那么敦厚
那么饱满、苍劲和凛然
我看出来了:它们竖一笔是泰山,横一笔是黄河
而那些偏旁部首,那些点折勾撇捺
气象万千,有着秦汉的瑰丽,唐宋的华贵

四

让我想想：如果历史真能穿越，如果当年
让我也率部从虎门启程
驰过零丁洋，在大海上航行十八个昼夜
在呕出五脏六腑之后，浑身像面条一样
软绵绵的，手无缚鸡之力
在这时，我是否能想到，或者说我想到了是否能做到
以我个人的名义，在这失而
复得的海岛上，堂堂正正地立一面碑？

我要说：他，张君然，一个区区上尉
一介在海军司令部将军们身边
跑腿，打杂，临危受命的
匹夫，揣在他胸腔里的那颗分泌过苦汁的胆
一定有鸡蛋那么大，拳头那么大
但那天他这颗胆分泌的是
尊严、威吓、慷慨
和一个殷殷赤子气吞山河的鸿鹄之志

当他在碑石上骄傲地刻下自己的名字
世界睁大了眼睛
西沙、南沙、中沙二百万平方公里
浩浩荡荡的海面，光焰
万丈，在瞬间实现了从此辉煌的日出

五
如果历史真能穿越,让我来到他面前
我会单腿跪下去
用我胸前的丝绸领带,擦他那双靴子

2017年3月17日 北京农展馆南里

渼陂记

举着旗帜的儿童团长,带着他的队伍
在晨曦初露,雨水若有若无的
古街上
反复地走。他们向历史走过去
向今天走过来,只需停下脚步然后掉转身子
跟随从队前走到队尾,或者从队尾
走到队前的旗手
向前或向后继续走,继续走

如果把镜头拉开,我们就能看到
他们年轻漂亮的女老师
一脸肃穆,正站在一旁喊口令
如果把镜头再拉开,拉到我站立的位置
那些长枪短炮就露出来了,原来是
某某协会在组织摆拍,虽然孩子们已经
疲惫不堪,脸上的表情也消耗殆尽

我和许多游客被拦在镜头的背面
维持秩序的人对我们拱手

一再表示歉意。而此时我们已走过悦来客栈
青东干货,和潘冬子砍死胡汉三后
放火烧过的那家米店
还有那道著名的月亮门,和比月亮门
更著名的那副对联:半床明月
半床书/一生剑胆一生孤

穿这条古街往东走,是一座祠堂
祠堂边有两棵古樟
有一棵挂过张辉瓒的头颅
但张辉瓒死了多少年,这棵古樟也死了多少年

          2019年3月7日 江西吉安草拟

花茂村的一堵老墙

村庄里的《史记》;留给未来慢慢回味的
一幅黑白插图;一枚走过风,走过雨
值得永远佩戴的纪念章
但所有的比喻我最喜欢的,是一段乡愁

就像山冈上的刺莓红了应该记住它的苦涩
田野里的油菜花黄了,应该记住它的青郁

就像挂在院墙上的那张犁,必须告诉
像花儿一样一朵朵
盛开的孩子
我们曾经当牛做马,我们曾经吃糠咽菜

红泥一棰棰筑牢的墙,风雨一年年剥蚀的墙
我能想到的比喻还有:枯松的躯干
鲸鱼的骨头。随手抠一块下来
揉碎,你将发现父辈们的眼泪、歌哭和呐喊

昨晚夕阳西下,把老墙照成一片血色

一团火焰。我从哪儿走过
听见有人说话,有人在窃窃私语
说穿上草鞋,跟着这支队伍走
明天我们将渡过赤水,走出贵州

       2019年3月22日 贵州遵义苟坝草拟

青杠坡

红与白对决,历史在这里下一盘大棋
有赌的成分,也有打它个
天地翻覆,鱼死
网破,在血泊中捞出胜负
的成分。端坐在青山背后的那个人
熟读曾国藩,娶绝代风华的
美人为妻,把万里江山
当作他家的后花园,杀人只当风吹帽
只因他有猛将三千,有雄兵百万
有强蛮的德国人、美国人,比利时人
和意大利人,源源不断地为他制造
机关枪和达姆弹。即使日本人
凶狠地打进来,他仍然慢吞吞彬彬有礼地说
且慢,且慢,少安勿燥
"攘外必先安内"
接着便坐上滑竿,晃晃悠悠地
上了庐山,然后命令他的三山五岳
他的天雷地火,铁甲利炮
集中对付那股他极端藐视但却被

视为心腹大患,并正在
往南,往北,往西
仓促移动的所谓流寇。而他烂熟于胸的
计谋,他的战略和基本国策
是兵来将挡,针锋相对,像撒网那样
给他们布置一个巨大的
越缩越小的包围圈,把他们围个
水泄不通,插翅难飞
而现在,此刻,他终于看到机会成熟了
收官的时候到了,突然把手,把他
向南,向西,向北,向东
向这个国家的四面八方
伸出去的手
收了回来,狠狠地握成一只拳头
再抡圆这只拳头,对准眼前这幅军事地图的
西南角,对准西南角的这片
山脉,咣当一声
狠狠地砸下去,然后便说出了那句
江浙官骂,他说——
看见了吗?你们看见了吗?
在这里,就在这里
把他们一网打尽,娘稀匹!

青杠坡。土城过去五华里,鸟声如瀑
流水潺潺;浓浓的雾渐渐散去

被称为"他们"的一群人
正披星戴月,星夜赶路,有那么点跌跌爬爬
狼狈不堪的样子。此时出现在他们
面前的是,一个葫芦形隘口
四座分别叫尖山子、石高嘴、老鸦山
和狮子垭的峰峦。但是,比这
更险恶,更惊心动魄的是
此时,他们是一个政党,一个阶级
一支风尘仆仆伤痕累累
的军队;一个袖珍的由挑夫们挑着的
共和国(如果有一双眼睛能穿越时空
看到十四年后的图景,必将
大吃一惊:哦,就在这逼仄的隘口,就在这支
筚路蓝缕的队伍中,竟聚集着未来的
两代领导核心,三任国家主席,一任
国务院总理,五任国防部长,七大元帅
包括已经涌现和正在涌现的
上百名开国将军)但现在,此时
他们左冲右突,他们饥寒交迫
脚步盲目、杂沓和疲惫,而且在迅速
衰减。刚刚穿过地狱般的
湘江,五万腔沸腾的血,五万具
英勇的前赴后继的躯体
把沟壑都填满了,把滚滚流淌的大江都堵塞了
而灼烫的,渐渐接近咆哮和嘶哑的
枪声,把一条江都煮沸了

而现在，此刻，他们来到，或者说被暗暗
驱赶到这个叫青杠坡的地方，这个
深浅只有二三华里的葫芦形
山谷，两军再一次相遇，再一次对垒
和搏杀，它高高隆起的山脊
它壁立的悬崖，会不会成为又一条湘江？

苍山如海。啊！苍山如海的这边与那边
冲锋与反冲锋开始了！这边
杀红眼的士兵，像黑蚂蚁，像大团大团蔓延的绿植
像呼啸的潮头，向那边的高地
攀爬！攀爬！攀爬！机关枪
拉开一个个扇面，如渔家撒开一张张网
他们知道生死存亡、命悬一线
退无可退的时刻
到来了！漫山遍野的人在夺路，夺命
夺对岸的山头。他们倒下，站起
站起，倒下，仿佛层层
叠叠的山被点燃了，一座凝固的大海
在突然间奔腾、激荡和呼啸
直直地站了起来
海浪在漫卷和跌宕！在波峰浪谷
嘶声呐喊的人，冲锋陷阵的人，呈各种姿势
倒卧、翻滚、蜷曲，眼看着自己的血
像喷泉一样喷射、奔涌和滴答
倒下的人在堆积，或相互搂抱在一起

翻滚，撕咬。从远处看
他们就像愤怒的大海一波波掀起的
浪花和漩流，浮渣和泡沫……

几十年后江山互换，青杠坡的这边与那边
被汹涌的同样年轻的一代草木
和泥土覆盖。但泥土
和草木不会说话，从来不问
倒卧在这里的人，他们叫什么名字？从哪里来？
要到哪里去？贵州的泥土和草木啊
贫穷，胆怯，从未见识过比这
更大的世面，也听不懂
湖南、江西、福建，这些比它的海拔
更低的方言，更数不清
倒下了多少人。"大概有三千人
每边都有三千人
也许更多。"后来重返战地的人都这么说
到山上捡过弹壳的人也这么说
但没有人想过：那么多的人
死在这里，把骨头和血堆在这里
是否增加了这座山的
险峻和陡峭？
而在夜深人静的时候，是否有人说话？
是否会打听彼此的故乡？
我们只知道，这里的树从此长得

更茂密了,这里漫山遍野的
野梨花,野桃花
从此,白的开得更白,红的开得更红

几十年后我来到这里,一次次把头
抬起来,抬起来,抬到仰望的高度

       2019年3月23日 贵州遵义苟坝草拟

从苟坝带回一盏灯

那个故事说:也是这样的一个夜晚
也像这个夜晚那样春雨潇潇
村前铺满鹅卵石的小路上
突然有一朵火焰在飘,有一团光芒在飘

就像一块烧红的炭,把尚在颤抖的
三月,从寒风中暖过来
就像一颗星,把夜空烫出一个窟窿

后来人们才知道,那是一盏灯
一盏有着自己
姓氏的灯,坚守着自己的信念和真理
在那个夜晚,它在风雨中飘
在夜色中飘
是赶去点燃另外的一些灯

另外的一些灯,被风雨扑灭了
正在迷途中,苦苦
踯躅,如飞蛾被蛛网缠住了的翅膀

后来人们还知道,那个夜晚在苟坝
在这条铺满鹅卵石的小路上
提灯奔走的人
就是十四年后,把这片土地上的
人们,从黑暗中带到阳光下的那个人

因此,从苟坝回来,我什么都没有带
只带回来这样的一盏灯
这样的一盏有着自己姓氏的灯

是的,这盏灯姓马,名叫马灯

          2019年3月24日 贵州遵义苟坝草拟

辑四 | 芳华 1987—2002

军车驰过麦地

马达突起
军车自平原射向山脊
阳光跌落在暗绿色的钢盔上
如雨滴
敲打着成熟的麦地

五月,正值收割的季节
路边半裸半掩的麦地里
有人正低头劳作
他们只偶尔抬起头来
眼睛睁圆
手中的镰刀锃亮
旷野上飘满绿血的气息

那都是些沉默的农民呵
钟情于土地,憎恨战争
节令一到
他们就把散落的弹片
从土地里一块一块翻拣出来

堆积在地头
然后一粒一粒播下种子
然后就迈开大步
向秋天走去

如今麦穗已成熟
麦秆自锋利的刀口次第倒伏
再沿着他们的脚跟一路铺排过去
犹如那些勇敢的壮士
战死一地……

军车驰过麦地
士兵们默默无语

1989年6月30日 北京

雨季来信

在那条蓝色的道路上
我走了很久很久
我感觉我先是坐上火车
再坐上晃若摇床的汽车
然后绕过那棵吊着古钟的洋槐
走进你芳馨的唇际

在那条蓝色的道路上
我走了很久且很累
于是我在一个句号上坐下
我在这个句号上坐下时
却怎么也想不起
那是个什么日子

后来我就继续走,继续走
后来我就走进了那片黑色森林
森林里湿漉漉的
剑麻和芭茅在雨中疯长
苔藓像一群大迁徙的蚂蚁

爬行着向四处蔓延……

后来我感觉到我也变成了
一块石头或者一棵树
我痒痒的腋下和胯部
寄生出一些菌类植物

再后来，我就闻见了那种
纸页因受潮而泛起的霉味……

1987 年 4 月 13 日　昆明西山

大　雨

火光刺痛我的眼睛。那么多尖牙利齿的鸟
在疯狂地向我扑来,又在疯狂地
啄食我身上的谷粒。我是一棵刚拔出田野的
庄稼,在大雨中跋涉
闪电搬过来一架奔跑的梯子

大雨在前面追我,大雨在后面追我
那逼人的速度,正在医治我曾经的狂热和盲目
一滴雨滴入我的身体,在我的
骨缝里嘀嗒,让我听见祈祷的钟声
正从辽远的地方,袅袅传来

我的手缓缓地划过天空,缓缓地划过天空中
更猛烈的雷霆,更耀眼的闪电
和更密集的雨滴,就像一只音乐的手
伸出黑色的袖管,突然
碰响一支庞大的打击乐队

哦哦!我还想再得到什么,我还能再丢弃什么

滴入我心脏的是另一滴雨
这一滴雨足以让我腐烂，又足以
让我再生，就像一根草将带领一个春天
在来年的这片山谷，卷土重来

2002年11月6日 北京南沙滩

他们的名字

太阳照常升起
你照常在裸露的岩壁上
用折断锋的刺刀
刻那些名字

那些名字都很亲切
你每刻下一笔
都能触摸到他们的体温
听见他们呼呼喘气的声音
以及闻到从他们身上散发出来的
那种血味与汗味混杂的气息

有些名字已经被风雨剥蚀
你就沿着被风雨剥去的纹路
重新镂刻起来
于是被剥蚀的名字
渐渐清晰
你这时就听见了遥远的笑声
从猝然裂开的石缝里

正隐隐传来

后来有块跟踪你很久的弹片
尖叫着,向岩壁下砍来
后来在本该刻上你的名字的地方
溅满了花的颜色
和火的颜色……

这些都是后人们想象出来的
像游人走进古老的窑洞
想象那些古拙而破败的岩画
只是这岩画般的石刻还清晰如初啊
有如刀片划进肌肤
还未渗出鲜血的
那些伤口……

1987年4月16日 昆明西山

凝 望

我是为你们去战斗的！美人
虽然这座城市没有一朵花
属于我，属于我们

骄傲的公主，冷艳的女妖
此刻你就站在我们居穴的岩壁上
微笑，甜蜜得让我感动
当你走在午夜的街头，裙裾窸窣
那儿曾悬挂着我的一双眼睛
——你知道吗？

设若走过你的窗前
我无比愉快，感觉良好
就如同数过不属于我的树荫
去约会只属于我的姑娘
那时月色撩人，我会把脚步
像风一样放轻，再放轻
你尽可仰躺在情人的怀抱里
嗔笑，嗔怒

让他们吻入骨肌
那时没有任何声响
能够惊动你们

是的是的,我是为你们去战斗的
美人!从这儿随便飘下一片树叶
都能削去你的脑袋!

1990 年 4 月 17 日 北京

梦中的女友

整整七天,那雾在洞里徘徊
像白色的纱,白色的皮肤
再凝成一只
温柔而晶莹的眼睛

泡桐花又该开了
当你挽起裤管裸出贝壳般的脚踝
那新筑的田埂光滑松软
可有一枚茅尖
在麻酥酥地扎你?

当三月的手臂摇响你的门铃
那时风已远去
你茫然驻足
可曾听见一种
比风
更辽远也更长久的足音?

假如你走在赴约的路上

那天柳絮飞舞,当其中一朵
飘落在你的胸脯
你可会滴下一串泪水
为那朵柳絮而哭泣?

你本该是我的妹妹呵
当我走近岸边
却没有船。呵我的船,我的船
我的船还在一棵树上
我的树还在一片土里

爱我的女人和我爱的女人
整整七天
你做了别人的祖母

1990 年 4 月 14 日 北京

掩 体

啊！又是一年芳草绿
芳草绿在
我的三步之外

三步之内是我的掩体
弧形；刚好掩住我齐胸以下的身体
我的双脚根一样地扎在
饱积雨水然后渐渐淤结的泥泞里
我胸以上的部分
掩藏在一块草皮之后
草皮上放着我的眼睛
和枪

我就沿着枪赋予的射线
看战壕上方的天空
看天空里的云
我看见青草像沸泉般地冒盈出来
看见风像醉汉般地摇滚过来
看见阳光蛇一样地

在风里和草里爬来爬去
于是想：这些草，这些风，这些阳光
它们是多么幸福啊
它们快快乐乐地生长
又快快活活地运动
独享这春天的世界
并且地久天长

——三个月了
我们一动未动！

远逝的古人，你们多么浪漫
你们说三步之外必有芳草
于是就去芳草里踏青
吟着花瓣一样的诗句
可你们知道三步之外
除去芳草，还有些什么？

——我不说！

1990 年 4 月 11 日　北京

烟的滋味

烟这东西你无法诉说
抽它的时候它就在你的头顶弥漫
岩石就在你的眼前弥漫
岁月就在你的指间弥漫

那时候我们都还是孩子
在南方打仗
我们坐在潮湿的洞穴里
就如同鹅卵石躺在干涸的河床里
苍老的树静默在山谷里
我们坐过了白天坐过了夜晚
坐过了旱季又坐过了雨季
最后都坐成了岩石
脸上爬满阴森森的苔藓

这时就开始学习抽烟
就开始学会用一支香烟
去对付比战争更强大的孤独
抽着抽着，就有一种

大水漫遍旱地的感觉
小南风吹拂夏日肢体的感觉
就有一种世界被我们遗忘
或者我们被世界遗忘的感觉
凭黑暗中明明灭灭的火光
我们知道各自都还活着

烟的滋味
那是最终走出战争的人
所尝到的时间的滋味

1989年7月10日 北京

女记者

那个女记者就坐在洞口
抽烟;就坐在洞口
谈她远在北方的情人
洞穴里当然没有厕所
女记者也就坐在洞穴口
用士兵们递过来的罐头盒子
解决那些
不便解决的问题

女记者是冲破团长的呵斥
冲破生死线上的雷场
和啸叫如鸟鸣般的枪弹
自己闯上阵地来的
女记者据说是来自北京的姑娘
她皮肤白嫩,嫩得
如同裹在绿叶里的一棵白桦
女记者带来了照相机、录音机
但她唯独没有带枪

没带枪的女记者比带枪的男记者
更加神秘,更加撩人心旌
她同士兵们一道啃压缩饼干
一道在潮湿的地铺上酣睡
又一道用梦中的耳朵
听洞外的雨,洞外的风
女记者说话的声音和笑的声音
总让士兵们想入非非

女记者掏尽那些故事之后
突然宣布明天就要下山了
女记者说这话时洞里所有的士兵
都如同被雷电击中

士兵们当然都是一些男人
男人们在这个夜晚集体失眠了
翻身的时候总翻出岩石的声音

1989年7月11日 北京

月下酒

那些采槟榔和摘椿叶的小手
为何而颤抖?

明月初照
你们手捧一只酒碗
从攀枝花树下喁喁走近
细碎的脚步如风,如雨
温柔地拂动我的裤角
漫上我白璧无瑕的胸膛

我们默默相对
如伫立在初汛的岸边
瞩望故乡的情人
涉水而来,高举一朵
七月的昙花

无言。无语。无懊。无悔
姑娘呵,你们这些凝固的液体
又化为火,奔流我咽喉

因此我无法不在饮尽这杯酒
之后,再用燃烧的目光
饮你

明天将有一朵白色的火焰
盛开在我嘴角
照你:鲜花堆筑的婚期

1990 年 4 月 19 日 北京

纵深地带

咬碎过三次强攻四次偷袭
这里因此成为战争最坚固的门牙
于是将军的手臂轻轻一挥
采蘑菇的地方便开始开采铁血

啸声尖厉
钢铁的鸦群从云霄沉落
顷刻间高地摇晃,山脊断裂
轰轰作响的炼狱之火
令每一棵大树坍倒
每一块岩石弯曲

你们左冲右突,如一群蚂蚁
围拢或者溃散
终敲不开大地的门环
在这时你总该幡然醒悟吧
二十年前蹲伏在南墙根下
那一只围歼小生灵的手臂
早圈断了所有的道路

火的战车辗灭最后一茎青草之后
莺飞草长的四月
在这里
从此成为最最残酷的季节

                                    1989 年 7 月 2 日 北京

硝烟散去之后

你醒醒！你醒醒啊
——她说

当时她压在一副躯体下面
沉重如山；当时她的耳朵
像一面鼓被重重敲击
进而喑然若哑
再也听不见任何声音
她只感到大地在一阵阵抽搐
如一张巨大的胃壁
在一阵阵痉挛

你醒醒！你醒醒啊
——她又说

这时远山沉寂
高地上飘浮着一种焦煳味
异香扑鼻
她就蚕蛹一样蠕动起来

脸上满是鲜血
而那副压着她的躯体
依然趴着！
依然保持着最原始的姿势
以至看不清他的脸
她看见该是他那张脸的部位上
沾满泥土和草屑

你醒醒！你醒醒啊
——她还说

进而，她掏出手绢
细致擦去他脸上的杂物
她擦得温柔又小心
仿佛害怕他疼痛难忍
会突然喊出声来
（直到把那些泥土那些草屑
从他脸上完全分离出去
露出森森白骨
她也依然未看清
他长成什么模样啊……）

后来她走回城市
总习惯伫立在路旁
凝视那些男人

她想看清并想永永远远记住
他们的每一张面孔

                        1990 年 4 月 9 日　北京

流弹意识

拍死一头苍蝇抑或消灭一匹蚊子
总在一念之间
之后,我们照样喝浓浓的茶
照样灌鼓满泡沫的啤酒
五点钟的太阳照样撞向黎明之钟

说秋天总有落叶的时候你就站在断崖上
手里摇着一朵野花
断崖上风很大,山风吹起你的衣角
像旗,又像一缕袅袅升起的炊烟
你密密的胡茬总让人想起古诗里的
某一个名句
对了,你磨牙的声音尖锐刺耳
昨晚折腾得我们差一点火并

突然啊的一声
你就栽倒在战壕里
从你手中脱落的花瓣还在空中飘舞
刚刚扔下的烟蒂还在山坡上燃烧

你就栽倒在战壕里
流出一些血
这个过程与战争片里那些演员的表演
简直有些雷同
但你栽倒在战壕里
再也没有起来

惊讶的是仍然站在断崖上的人
我们咬破手指
也不敢相信这不是梦
我们就从断崖上跳回战壕
把手伸进你的鼻翼
就有一种探入冰窟的感觉
直到这时候我们依然不敢相信
手和手一旦分开
竟永远不能相触

现在我还能说什么呢
你因站在我的左边坟头上已开满鲜花
我因站在你的右边如今依然在太阳下行走
夏天来临,我们照样喝浓浓的茶
照样灌鼓满泡沫的啤酒
并且照样高举起拳头
拍死那些苍蝇,消灭那些蚊子
只是从此后我就有了一些忧郁

就常常发一些诗人的感慨
静下来的时候
就格外想念仍在远方的一个朋友

我的朋友在西藏当兵
他走在路上
总爱清点自己的手指

1989年7月5日 北京

最后的高地

他就一直坐在那里
一手撑地,一手夹着一支
说不清什么牌子的过滤嘴香烟
额角开出一朵灿烂的山茶
山茶的花瓣上凝满露珠
一颗露珠滑落在他的颧骨上
是红的!

那个嫩如粉团的叫乔的新兵
就不断地回过头去看他
又不断地回过头来
用手中的小锹加固眼前的工事
乔已经把所有的弹匣和枪
所有散落一地的子弹和手榴弹
统统聚拢起来
在工事上一字儿排开
现在乔沉着冷静
成熟得就像在荒原上或者山林里
闯荡过一生的猎人

他就一直坐在那里
静静地看着乔
看着废烟升腾的高地
以至乔从战壕里跳跃出来
用冲锋枪割草般割尽那些
从工事前冒出来的头颅
他也没有出声，没有笑
没有改变他的姿势和表情

就是这样
整整三天又三夜了
他就一直坐在那里
不动
直到山那边枪声大作
增援部队像洪水般漫上高地
他依然未发现手中的烟蒂
已经烧焦了手指

"那可是寒风呼号的冬天啊！"
后来取代他当上班长的新兵乔说：
"当时所有的草，都还未绿，
所有的花，都还未开……"

1989年7月3日 北京

我看见战区的耗子

在掩蔽部
从方形的射击孔望出去
我看见一群耗子
一群长尾巴粗绒毛的耗子
在雨水漂白的草根之间
在白骨与白骨之间
窜来窜去
窜来窜去
于是我想起了一座南方的城市
想起了在这座南方城市住着的
我的妻子与我的儿子
和在我妻子与儿子脚下
窜来窜去窜来窜去的
那只猫

1987 年 4 月 17 日 麻栗坡蔓棍洞

停战消息

合欢花忽然开成盛满阳光的
酒盅,士兵们纷纷冲出溶洞
若嗒嗒马蹄炸开牧人的栅栏
飘满硝烟的天空顿时飘满抛起的军帽
冲锋枪吐出一地果核

山两边所有的欢乐都被点燃了
目光自由翱翔,如鸟儿不再设防
还有篝火,将油画般黄铜色的光斑
涂满苍老的浮云和岩壁
以及每一张失血的面孔

那个怀抱长枪、独自啜泣的
是谁?翩翩纸蝶于指间飘舞——
山村婚礼早已举行。那在他唇际上
留下过第一个热吻的女人
此刻,已成为别人家里的风景

那又是谁呢?穿过密密的灌木

用颤抖的手捧起纷纷扬扬的红土
新坟在增高，里面那人仍在艰难地泅渡
他已筋疲力尽，再也走不进
阳光与鲜花堆筑的盛典

忽然有人被两个字唤醒
猛记起无数次抚摸过自己额头的
那五根颤动的手指
于是便捶打着号啕着振臂一呼
于是所有的人都捶打都号啕
都泪花迸溅，引吭高喊
然后都面向南天，如初民般地
跪下
仿佛一瞬之间
渡过了所有的河流

（华山脚下所有的母亲
都听见了这个声音
都呼唤起自己儿子最熟悉的乳名
啊归来吧！归来吧！归来吧……）

狂欢进入高潮。夜色如水
拍击长天，摇落满天星斗
他们忽然想起该重新回到黎明
再乘上那只方舟

去敲响世界的每一扇窗子
吻遍世界的每一个姑娘

1989年7月2日 北京

告别堑壕

那时候落日辉煌
有如钟声敲响的葬仪

我们垂首而立
纷纷往失却原状的战壕里
扬下一些沙土
壕底里虚土漫漫
那曾经留下我们脚印的地方
忽然变得恍若隔世

夜色在更远的地方沉落
仿佛两片嘴唇
终无力说出它的结局
这时晚风吹起一些落叶
窸窸窣窣，发出一种
类似翻动名册的声音
使我们突然感到有一种比山比岩石
比雷霆和风暴还更沉重的东西
同时压上肩头

想想若干年后推土机隆隆开过
辗出几枚弹壳
钢铁的牙齿咬出几颗新鲜的牙印
不知我们的心
会不会再一次颤抖
并且流血?

1990年4月11日 北京

零点归来

零点
在最后一次军列的最后一节车厢
你划亮一根火柴

火光摇曳
摇曳的火光显影液般
从晃动的闷罐车厢的地板上
显现出许多人影
那些人影如排炮响过之后
沉寂在山谷的碎石

鼾声此起彼伏
有磨牙声尖锐划破寂静
但所有眼睛都圆睁着
如高地上圆睁着的枪口
枪口里埋藏着风暴

马灯已悄然熄灭
火光在圆睁的眼睛里静静燃烧

你就静静地在每一只眼睛里
坐成一棵消息树

你无法不这样
把火柴一根根点燃
再用它照亮漫漫历程
你无法不这样，无法不这样
那一刻轰响突起惊悸突起
所有的手
都在寻找枪

窗外，雪花开始飘落
冬季正布置新的围困

1989年1月10日 北京

寂 寞

它从四面八方运动过来
睁眼的时候钻在你的心里
闭眼的时候卧在你的心外
你看不见它

妻子的表情已走过四季
此刻如钟摆,正停在冬天
她说春风不度玉门关呵
说完便痴痴呆立
脸上的霜越积越厚
儿子说,在家里总听见炮声
于是见你就匆匆逃遁
你望着妻子和儿子
就像望着一片云彩
一幅墙上的油画

这是三月,你想去买一束花
商店小姐的脸色说鲜花已经开过
你就把那枝开过的月季

斜插在果皮箱里
满城的人都用射击的眼光看你
你逃来逃去
总逃不出冷冷的枪口

唇干舌焦
你终于在墙上发现一眼清泉
便扑过去饮它
却扎了一头的玻璃碎片
当一滴鲜血流进嘴角
你尝出那是丛林的滋味

唯有节日的夜晚让你梦回心惊
唯有节日的夜晚鞭炮齐鸣
总被你听成枪声大作……

1989 年 7 月 7 日 北京

有关水的传说

这条坑道怎么变得这么长啊!
这条坑道又是在什么时候
改变了它的走向呢?

他这样想着
摸　来　摸　去
总被坚硬的墙壁挡回
他感到碰响过什么
声音沉闷且短促
(可不像横在坑道口的那把铁锹)
他就呆呆地站在原地
静静地听
静静地听

突然电灯亮了
灯光炫目而逼人
穿睡衣的妻子怔怔地看着他
眼里濛着一层霜花

他惊惶地回过头来
看着妻子
然后歉疚地笑笑：
"哦，就是这样，就是这样
那时候我们夜夜都被渴醒。"

"哦！睡吧，睡吧！"
说完他径直走回了卧室
进门的时候习惯地弯了弯腰
忽然又想起了什么
就再次回过头来看看妻子
再次笑笑

从此后他夜夜无梦
从此后他蜷缩在妻子的怀里
像一只温顺的猫

从此后寂静的厨房里
夜夜传来滴水的声音

1989 年 7 月 4 日　北京

黑罂粟

如果你的嘴唇有幸和它相触
你是无辜的
穿过旧梦你将看见它大朵大朵的花冠
在天空下缓缓开放
遮天蔽地!如缓缓展开的云团
缓缓展开的墨渍和火焰

多么美丽而辉煌的瞬间!
它来自若干年前
我们反反复复咀嚼过的
某一段场景——

那时候我们正迎着雷雨
在一片开阔地里狂奔
棱角分明的脸上涂满夜色
我们已无暇旁顾;只顾得
把一茎草含在口中
让四肢火一样地燃烧
又火一样地漫向对岸

当我被一声闷响猝然绊倒
猛一抬头
才看见那隐形的花，沉迷的花
正在对岸的枪口上
扩张成最后一片幻象

进而我飘向高空
仿佛一刹那走完人生的四季
从云层里俯瞰大地
我发现我的和许许多多的面孔
在山坡上迷迷蒙蒙闪耀
安闲且肃穆
像那花浮映在水里的倒影

……现在你看见了这朵花吗
你看见了它长卵形的叶子和叶子边缘
那锋利如锯齿般的缺刻吗
现在是秋天，花朵已枯萎
它美丽的萼片已像痂壳般脱落
现在这花就悬垂在我的头顶
它抱紧的根茎纵横交错
正河流一样流淌在我的脉管里

幸福是忧郁的，哀伤也忧郁
当我依恃这片花朵

沉入黑暗，然后长醉不醒
忘却一片疼痛……

然而你们！你们这些
活着，而且清楚地知道疼痛的人
你们这些整日迷恋于花丛的人
请从我的身边走开！就留下这片花朵
醉我永不愈合的伤口

1990 年 4 月 15 日 北京

望星空

是谁在一夜之间
让我
沦为鱼类?

比时间更纯粹的海水
蓝上高空
唯寂静是一条
永远走不完的路程

那时候船队已远去
网扔下我们
在海水涸尽的滩头
成群地繁殖,如
春天的草籽和谷种
只是母亲,我白发迅猛的母亲
你为什么不早给我
鳃?

那恒久的期待你无从诉说

月光下有一双双眼睛

每夜都在爬行

1990年4月24日 北京

独　语

当我的手成为镜子
照我
枯去的容颜
那时我会再次惊骇而死

秋已经很深了
这是我能够感觉到的
我听见蛾子成群跌落
扑腾的翅膀，在秋风里哭泣
我无力抚慰它们

黑暗中轻轻走过的
那是谁的脚步？
寒彻骨髓
我的征衣已被时间焚为灰烬
纵火犯逃之夭夭

当我的手成为镜子
照我

枯去的容颜
我只有背过脸去
那时我害怕
害怕再次迷失在
我自己开凿的
纵横交错的河流里

1990年4月23日 北京

风说你要来

风说你要来你就来了
独立门外,胸膛里发出拉风箱的声音
你抬手敲门却终未把门敲响
一股泥土的气味
令沉重的夜色更浓更深

那时候我们正在喝酒
正在谈论女人、天气、广告
和在水银柱上浮动的物价
为一些小事苦不堪言
后来就说起了那个最忌讳的日子
就说起了你
风说你要来你果真就来了

这个夜晚灯火辉煌
剧院正上演《风流寡妇》
夜市在抢购柔姿纱胸衣
摆汽水的橱窗摆满花花绿绿的果汁
那些被增白粉蜜抹得瓷器般光洁的姑娘

正抿着小雪人
在谈论着人体画大展……

而你就独自站在我们的门外
皲裂的嘴唇,依然在滴血

我至今还记得你死去的模样啊
你身体向下,头发散泡在积水里
歪向一边的嘴角塞满泥沙
你的一只手伸进深深的草丛
另一只手举着一只空空的水壶
那情景犹如风暴折断的大树
仍在风中高举起一片
残存的叶子……

"活着,那是多么的幸福啊!"
慨叹之后我们纷纷掷碎酒杯
至此,大家一夜无话……

1989 年 7 月 1 日 北京

墓志铭

现在我远远地看着你们
青草和鲜花
从我的脚底蔓延
我寂寞已久；只在四月
以恼人的清风捎给你花期
并撩起你的思念

要不你七月来
那时我将坐在一棵桉树下
看人们用香烛和火焰
做着最庄严的游戏
夜晚我会举一缕月光
告诉你我涂满硝烟的面孔
已被阳光和雨水
漂洗得无比灿烂

四月不来七月不来，那你就
永远也不要再来
那时请你去读我的诗歌

读我的诗歌你会再一次战栗
并被我的激情所淹没
以至懊悔:那个我错失的士兵
原来是个很不错的男人

           1990年4月9日 北京

四月五日纪事

再次相约
犹如初次团聚
我们静静地坐着
你静静地躺着
只是静静躺着的你不再用军帽
遮住垂照的阳光

依然是四月
阳光如散落的金币
在你的面前静静地堆积

还有酒，吉他，和歌
以及开满一地的白纸花
酒香使我们的血脉我们的泪腺
渐渐地变得亢奋起来
像雨季里的洪汛
为你而汹涌

终于有人抬起头来

用颤动的手再次点燃一支香烟
我们依然静静地坐着
看着香烟在你面前袅袅燃烧
这时就想起了你抽烟的样子
歪戴着作战帽走路的样子
和倏然间拉响导火索的样子……

一支香烟就这样静静地
燃成了灰烬

1987年4月5日 云南新街

安魂曲

那么,让我们低下头来
春天是多雨的季节
也多花;星星点点的花朵
正沿着你们的足迹
从山谷一直开到你们的门前

你们这些爱唱流行曲的弟兄
刚唱熟一无所有
果真就一无所有了
你们枕着一帧帧烧焦的照片沉沉睡去
难道就忍心远方那只杜鹃
嘤嘤啼血
啼断黄花般的肝肠?

坐在湖边你们从此如静物
听蝉们歌唱听风们舞蹈
凝视熟悉和陌生的人群
走近又走远
任淡淡胡须破土而出

葳蕤成三月的疯狂

只有忧伤的风如期吹来
并告知你们：
歌星们都跟着感觉走了
如今已翻过黄土高坡

我在缠绵的雨中把目光洒向你们
如寂寞的鸟
栖落在风暴过后的树林
我的嗓音已哑
我只想告诉人们在风暴重新刮来之时
该斩断那道闪电
保护自己的羽毛

现在让我们来抽一支烟吧
就像昨天在战壕
我擦根火柴先把烟点燃
你们再接着抽下去……

1989 年 7 月 24 日　北京

活到黎明

再也没有什么能够阻拦我,从这片悬崖
跳到那片悬崖,仿佛一只青鸟
然后以风的脚步
在一夜之间
走完全部的路程

又一个黎明来临
天将破晓,曙色像白巨鲸的脊背
渐渐浮游出海面
人们都还在酣睡,没有谁看见我
正走近你的窗台,然后放下
大捧的花束

你就伸出银白的手握住我
又像抚摸流水那样,抚摸我
那时你凭窗而立,通体透明
睡袍里飘出百合花的芳香
你说风呀,风呀
为什么你总拂动我的窗帘

又悄然而去？

哦亲爱的，请松开你的手啊
潮水正缓缓退去
别让我的船
阻隔在你们永远不让停泊的岸上

1990 年 4 月 18 日 北京

辑五丨长歌　1995—2017

黄土岭

一

谁能从一粒黄土中提取火焰?
灵性的土!流淌奔涌的土
养育着苦难和勇士
仰望狼山,那儿系过我的马
俯视易水,那儿磨过我的剑
再远处是燕国的都城
城门失火,塌陷过
我黄色的驰道,黄色的车辇
我黄琉璃的瓦,黄道带的狮子
黄尘漫漫,黄土遮天蔽地
渐次黄透我的指甲,我的皮肤
我因已死去所以永远活着
我赤发裸身,总在高处漫游
城外倒塌的那一座砖塔
是我丢弃的一只靴子

你们看不见我,我无处不在
就像隐形的根深植于大地的腹部

就像行走在阳光下的影子
但我比影子澄澈，明亮
闪烁着黄铜的光芒
你们看不见我，你们看见的
只是偶尔的一道闪电，一挂编钟
一角浮突水波纹的残损的陶片
一只稍纵即逝的白狐
一块从紫荆关箭楼坍落的方砖
一声燕赵猛士的仰天长啸
一截锈迹斑斑的残戈或断戟
再或者，是一只凌空翱翔的鹰
背负金子和沙砾
重临大地
为你们打开黑夜的窗子

我的沉默是岩石的沉默
我的期待是黎明的期待
就如同燧石，我说握紧我吧，兄弟
握紧了我，你就握紧了火种

现在我就像一头饥饿的烈豹
潜伏在秋草斑斓的山塬上
正被一阵战栗又一阵战栗
笼罩，时间在咻咻喘息
塬下布满卵石的河谷

同时也布满陷阱，现在
我是一颗巨大而沉重的弹丸
通体炽热，蓄满火焰和风暴
而九月正是围猎的季节
血腥的逼近，使嗅觉灵敏的狗
频频刨动着脚下的浮土
正发出呜呜的嘶鸣
就如同我
正埋伏在黑暗的中心
等待飞翔和炸裂

二

他们来了，他们来了
那些比野兽更凶猛的野兽
那些像水老鼠一样
汹涌地泅渡过海峡的
天皇的鹰犬，帝国的走卒
他们用钢铁包装着野蛮的躯体
用三八大盖加长又粗又短的
手臂，把熊熊燃烧的太阳
高挑在寒光闪闪的枪刺上
他们来了，从坟墓出发
高唱着军歌，向身后那一大片
空白的坟墓挺进
他们来了，他们远离他们那儿

是因为他们那儿太小
他们来到这儿,是因为
我们这儿太大,遍地长满果实
他们来了,他们来了
他们走进河谷,九月的洪峰
从我狭小的脉管里涌过
我的疼痛深入骨髓
他们来了,我从一面镜子里
窥视他们,我看见一片一片钢盔
蠢蠢欲动,发出
杀人的光芒
仿佛从雨后的阴沟里
突然疯长出的蘑菇
他们来了,他们走进河谷
又仿佛一大片一大片的
大肠杆菌和绿脓杆菌
猖狂入侵,突然钻进我们
弯弯曲曲的肠道

他们来了,前面是田岗
这个熟悉的村子,苦难的村子
这个不再是村子的村子
刚留下他们的蹄印
一股新鲜的人味漫延过来
旷野里飘满模糊的面孔

而我的脚,我在黑暗中
急切摸索的手
蓦然触到一块巨大的石碑

那时候大风吹过我们的家园
乌云的天空,轰然坍塌
如一面突然坍塌的屋顶
一片纷纷扬扬的红雪
从我们软瘫的膝盖逐渐埋向
锈蚀的嘴唇,烈火中隐隐传来
燃烧骨头的声音

哦我们战栗,是因为我们害怕
毁灭,他们就把毁灭凶残地
分解给我们看——
他们撕碎女人的衣衫
从白色的胸脯上,摘下
流着白色汁液的红樱桃
一刀砍下男人的头颅
让它像狂风吹落的草帽
圆睁着眼,从山坞扑扑哧哧滚向山脚
看呵,几截肠子还在地上蠕动
几片碧绿的草叶
正从血泊中,缓缓探出
而那只刚削下的耳朵

蹦蹦跳跳，又仿佛一片
会跳舞的瓦
他们砍哟，砍哟，砍哟
把手中的刀都砍钝了啊
把挥刀的两只手臂都砍肿了呵
从此阴风四起
野狗踩出一条长长的血道
一个亡灵拦着路人说
喂，你捡到了我的头吗？

现在他们来了，他们又来了
我从一面镜子里
窥视他们，我无数的同胞
从命运的缺口里
瞄准他们——强盗，强盗
你们回家的路，已悬浮在天空
一缕生命的游丝
开始在秋风里飘荡

三

马蹄嘚嘚，载着一封家书
在阿部将军的思绪里
欢快地奔跑，
溅起一路花雨
噢樱花，樱花——樱花开在

寡妇成群的岛国上
开在木屐橐橐的小巷深处
开在一支穿和服的
阴雨绵绵的思乡的歌里
这是在秋明的山道上
还是在四国的溪流旁?
他樱花一样的女儿
正站在樱花树下
驻足眺望,眼里积满海水

亲爱的女儿,从涞源出发
爸爸从今天起去南方战斗
回来的日子是 11 月 14 日
南方的支那真是个好去处呵
那儿山高林密,绿水如黛
红红黄黄的花朵
从脚底一直开向天边
那儿密密麻麻的人群
如密密麻麻的蚂蚁
皇军的皮靴汹涌而至
你知道踩死一只蚂蚁
是一件多么轻易的事情

我们打仗最悠闲也最有趣
那时候天地都在燃烧

漫天嘶叫的乌鸦
在"支那人"枯焦的骨缝里
飞行，遍地的赤练蛇
从风干的皮肤里，呼呼蹿出
那时候当我们端着枪
凯歌行进，用刀光和火光
碾灭最后一声呻吟
这使我想到，战斗中的每一天
甚至每一天中的每分每秒
都是我们盛大的节日

现在初冬已经来临，大雪
马上就要铺平我们前进的道路
一大片衰草正哗哗往南倒伏
我亲爱的女儿，支那不行了
支那眼看就将完蛋了
但圣战还要继续，继续
继续到不再继续
继续到爸爸走进最高之星宿
把一朵叫中国的花
作为嫁妆，插在你头上

哦亲爱的女儿，我们必须战斗
现在……那么再见

再见是在几十年之后
再见是一棵树，又一棵树
共同把根伸进地底
然后以根须的手指
紧紧相握
再见是一堆被时光剔尽的骨头
对另一堆
被风雨漂白的骨头
在梦中的寻访
再见之日，我看见
在黄土之下，石头之上
开满樱花

四

啊啊，那是什么声音
突然之间，在我的身边
短促，凄厉，像繁花一样绽开
那是什么光，撕碎黑夜
分开岩石，让火焰纷落如雨
野兽们涌入河谷
仿佛涌入一个巨大的蜂巢
漫天发光的蜜蜂
携带着雷霆，呼啸而至
夜色中手在飞，脚在飞
被洞穿的太阳旗在飞

唯有被手脚抛弃的躯体
在下沉，谷底深不可测
两岸涌动的群山，就像两扇
轰轰合拢的大门
但锁已锈死，路已折断
天和地，仿佛两扇磨盘
磨盘在隆隆飞转，磨声如歌
那骨头粉碎的声音，血水
流淌的声音，多么动听！

初冬正是狩猎的季节
四处耸立着悬崖和刀刃
强盗，强盗，这里是
我们的天，我们的地
我们的村庄，我们的河流
我们用骨血和挚爱堆筑的山岭
塬上的每一块石头
每一根青草，都是
紧握火焰的手臂，塬上的
将军，士兵，老套筒步枪
犹如生长在这里的树木
风吹不晃，雷劈不倒
深扎进大地的根，像河流
永远在这片黄土里流淌
你们听过这支歌吗——

啊,风萧萧兮易水寒
啊,壮士一去兮不回还
啊啊,不回还,不回还
不!——回!——还!

……哈哈,现在轮到
我们出击了
现在轮到我们把毁灭
分解给你们看了——
一匹黄鬃烈马飞出去了
一百匹、一千匹黄鬃烈马
飞出去了,马蹄的风暴
卷过一片瓜地
马蹄沸腾,马蹄下
瓜裂的声音,多么动听!

这是喷发的时刻,锤击的时刻
登高一呼.扬眉吐气的时刻
初冬也是秋收的季节
漫长的苦待,只为这一次
痛快淋漓的刈割

啊!刈割,刈割,刈割……

就在这时刻,我壮喝一声

从钢铁的内部脱颖而出
像个听话的孩子,在空中
画出一条优美的弧线
然后准确地落在一个
高举望远镜的小院里
进而轰然炸开,我分裂成
无数个我,并且长出
无数颗会飞的牙齿
一股模糊的香味向四处蔓延
空中回荡麦秆倒伏的声音
乘着这声音飞翔
我抵达一个肥胖的港口
在一条陌生的血脉里
跳跃,碰撞,翻腾,漂流
像一个戏水少年,乐而忘返
也就在这时,我看见阿部将军
颓然倒塌,如一堆雪
突然被阳光消融

五

天呵,那是一场什么风沙
吹进我的身子,发出
比尖嘴鸟更凄厉的嘶叫
那是一把什么样的刀

寒彻骨肌,剖开我的肚皮
把一朵比天空更大的
花朵,栽种在我胸膛
我的双腿,我的望远镜
我的嵌金包银的指挥刀
我的缀着两颗金星的
黄呢子将军大衣呢?
它们突然长出翅膀,一道
向村前的树梢上飞啊
仿佛一群叛乱的士兵
我的旅团,我的战车
我手中握紧的樱花呢?小院里
什么时候堆起一座山冈
那蠕动的岩石,蠕动的草木
大风吹过,为什么飘来一阵
如此熟稔的乡音?

你听,你听,那又是谁
在启动一部轰轰的马达
带动一张漆黑阔大的唱片
把一支天国的梵乐
反反复复播放?
大地软瘫如棉,又是谁
为我备下这张旷世的眠床
把我的骨头都快要睡酥了

还有雨水,还有露水
还有被雨露洗亮的星光
它们蜂拥而至,把我小小的屋子
沐浴得像一座宫殿

天国果真有车站吗?
你看,你看,那撩人的
黄手帕,幸福的黄手帕
在风中呼呼招展
像浪,摇荡着我的梦乡
满目的白樱花又开了
我站在樱花树下的女儿
我怀抱樱花款款走来的
爱妇们,国妇们
你看花瓣已堆过我的膝盖
醉卧花丛,你们的手
再也无法触摸我的荣耀
噢,天皇陛下,地皇陛下
"四方一宇",为你们玉碎
这是武人的本分啊……

这一天:1939 年 11 月 7 日
"名将之花凋谢在太行山上"

这一天——

岛国朝野震惊
《朝日新闻》洛阳纸贵
白布裹着的那轮滴血的太阳
像一片秋叶
飘落在一海咸咸的泪水里
而天皇的旗杆上
落下一只秃鹰

六

"喏,那个炮弹就落在这盘
石磨旁边,那个叫阿部的死鬼
(听说是个大官呢)
就站在小屋厅堂的中央
还是这张桌子,这把茶壶
我家过世的公公说
在那个早晨,山塬上的枪声
乒乒乓乓,响得像炒蹦的豆子"

这已是几十年之后
那个说话的女人
手捏一张新鲜的纸币
抠索着,从墙洞里掏出一把钥匙
往她家的小院放进几个诗人
小院芳草萋萋,如同一座
颓圮的庙宇

空气中有什么东西在飘浮
我拼命抽动鼻翼
闻出是黄土吐出的腥味

我就站在这些诗人中间
你们依然看不见我
我现在是一缕清新的风
一滴洁净的泉水，一行
流淌在诗人笔下的诗句
一枚灌满黄土和骨渣的弹壳
一卷得胜将军的回忆录
一把铜号，一声嘹亮的
召唤，或者是一把长剑
倚天而立，镇守着黄土家园

哦确实，你们看不见我
我刚刚伴随那些诗人
跨过易水，登上狼山
亲手抚摸过那面大理石丰碑
（甚至还下过西陵的地宫
那里又埋葬一个皇帝）
是的，我认识这些诗人
我知道他们中有一位姑娘
名字叫影子

"喏，还是在你们脚下的那盘
石磨旁边，那个叫小阿部的外宾
（听说是老阿部的孙子）
泪水满面，把腰弯成一只虾米
他说要重修小院，并要在这里
新立一面碑……"

那个女人的声音重又传来
在她咧开嘴的一刹那
我看见她曾经雪亮的眼睛
蓦然黯淡，如木柴燃烧之后
剩下的一堆灰烬

七
一块弹片究竟能飞行多久？

我是说，穿过半个世纪的尘埃
一块弹片，到底会被时间
锈蚀，还是会被时间
擦得更亮？

在回程的乡间小路上
我看见一辆丰田牌汽车
风驰电掣，飞越过我们的肩膀
抛下一路滚滚烟尘

"噢，是子弹头，子弹头！"
那是谁在喊道
它飞行的姿势
真像一颗出膛的子弹

1995年6月8—28日
河北易县黄土岭至北京

史料1：1939年8月12日清晨，600余日军突然包围黄土岭附近的田岗村，烧光600多间房屋和全部粮食，残酷杀害我同胞37人。

史料2：1939年11月3日至8日，杨成武将军指挥八路军五个团的兵力，在河北易县黄土岭，包围歼灭日军官兵1500多人，击毙刚刚晋升中将两个月的"蒙疆国驻屯军总司令"阿部规秀，这是我军在抗日战争中击毙军衔最高的一个日本军官。

金山岭

一

四百年是一种高度！站在用四百年垫高的
那座顶峰，我看见白云悠悠，天地
玄黄，赫然浮现在山山岭岭之上的
是一张弓！一张铁打的弓，铜铸的弓，银雕的
弓。它那么庞大，那么气势磅礴
和沉重，必须由一个国家来拉
一支军队来拉。我从箭楼的这边往上攀登
攀到最高的那座烽燧；又从箭楼的那边
往上攀登，攀到最高的那座烽燧
汗流浃背，肺页一再拉响炸裂的警报
但终未攀到它被拉弯的地方
这就是说，此弓柔韧、坚固，雄霸天下
两翼向东西大幅度延伸，都拉了
四百年了，还那么强劲，那么势大力沉
还能一如既往地拉下去。你是否听见有什么声音
在岩石深处和大地深处，铮铮
作响？告诉你，是铁被拉动的声音
铜被拉动的声音，金子和银子

被拉动的声音。"马作的卢飞快,弓如
霹雳弦惊!"指的,就是在这里安营
扎寨,盘马弯弓吧?但它引而不发,就是
引而不发!那么,垂涎钓鱼岛的人
抱着先祖的亡灵不愿从梦里醒来的人
请注意了,这是我们的江山,我们的领土
即使你身披和尚的袈裟,袍哥的
星条旗,我也一眼能认出你
认出你当年手握三八大盖的样子,认出你曾经的
穷凶极恶和恶贯满盈。但现在请走开
请远远地走开!现在我们恸问苍冥
要用我们自己的领土,我们自己的钓鱼岛
当靶标
闻鸡起舞,继续操练胡服骑射

二
国家的铁。国家的意志、尊严和灵魂
十万火急!皇帝正用八道令牌
八匹跑出血汗的快马,向边关
传递诏书。一道闪电劈过,又一道闪电劈过
我听见有一个声音在天空呼吼:
江河耸立、群山列队
——沙场秋点兵!
我知道那个声音点的就是这座箭楼
这道边墙,这道边墙上锯齿般高高举起的

烽燧，和烽燧上即将点燃的
狼烟。当然还有垒起边墙的每一块砖
每一个垛口，每一个驿站
炮台和射孔；埋伏在雕楼和屯兵洞里的心脏
神经；像鹰一样睁大睁圆的眼睛
这时旌旗飘扬，铁血浩荡
山野中应声回答的依次是——
火器营、弓箭营、铁炮营、排铳营
钩枪营、金槊营、骡马营、炼军营……
是怒插苍天的刀刺、剑刃
兵锋和火焰；一阵阵像奔雷般炸响的吼声
这时候假如天空翻滚一团团乌云
那乌云必定会一片片
坍塌；这时候假如千里冰封，万里雪飘
那冰雪也必定会轰轰隆隆，在一瞬间
崩溃、消融、化为滚滚怒涛
助我吹角连营，铁马冰河入梦来

三

将军被雕塑在马背上，威风凛凛
他右手握剑，左手拎一颗
淋淋漓漓，刚割下来还在
滴血的敌酋的头颅。两只铜铃大眼燃烧的仇恨
喷薄欲出。但他甲胄上的鳞片早已
脱落，铜丝的断口清晰地露出

被戈矛、画戟抑或长枪和斧钺砍斫的
痕迹；胯下那匹仰天长啸的青骢马
刚踏落几只飞燕，又如同
悬念，把奔腾中掀起的风暴提在半空
告诉你，我查过他的生卒年月
不详；他的家庭出身：不详；他的籍贯
不详；他的民族、学历、前任和后任
不详；是否有海外关系：不详
是否有直系亲属在朝廷做官：不详
我甚至查过他有多少个老婆、多少个
孩子，仍然不详、不详、不详……
这就对了！但这些还不是我最想追问
和探究的；我最想追问和探究的
是取他一根毛发，一颗牙齿，是否能测出
他的忠勇，他的襟怀坦白和刚正不阿
他是否拥有孙武、白起、李广、蒙恬
抑或霍去病、曹操、关羽等等
等等的DNA；是否如实申报了家里的土地
房产、有价证券和银行存款
是否有海外账户；是否某个离岸公司的
隐性股东；是否直接或者间接参与了
黄金、珠宝、石油、水电、船舶、冶炼
还有煤炭、钢铁、房地产开发
等等相关公司的经营；是否明修栈道
暗度陈仓，与黑社会眉来眼去……

——这是必须的！文官不为钱，武官不惜命
我就信奉这个。国家的铁啊
你不能让它生锈、弯曲，被权力和金钱
腐蚀；不能今天国家把你当一枚钉子
钉在这里，明天别人踩踩脚就能把你
拔出来，就像拔一个酒瓶塞子
国家的铁啊，将军！将军背后的将军
知不知道我们这堵边墙，我们这道用头颅
堆筑的城垣，如果被掏空了
在某个暴风雨交加的夜晚，或者某次
打个喷嚏级的地震中，轰然倒塌
届时山岳倾倒，河堤崩塌
我们的子孙都将沦为水中的鱼鳖？

四

士兵们是可歌可泣的，他们憨厚
粗粝，默默无语，脖颈上长着巨大的喉结
千篇一律地拥有一张
秦坑兵马俑的黑脸，让你记住了一张
就记住了全部，忘记了一张
也忘记了全部。在纷至沓来的日子里
他们在城墙上瞭望、巡游，和衣
而睡，把携带翎羽的箭镞
时时刻刻搭在拉满的一触即发的弓弦上
更多的时候，他们都站着睡觉

像卸去负累的骡马,每天梦见秋水、长天
雁阵和锦书。但他们都没有自己的
名字。我想问:在金山岭,四百多年了
不,两千多年了,谁还认得出一个
守卒的面影?叫得出一个
士兵的姓名?"一将功成万骨枯"啊
那些埋在城墙下渐渐枯去的骨头
就是他们;"一寸山河一寸血"啊,那染红
山河的寸寸热血,都从他们的血管里
喷射而出,汩汩、汩汩地流淌
是这样!士兵都没有自己的名字
但"士兵"就是他们的名字,他们共同的
名字,如同水,是河流共同的名字
砖,是城墙共同的名字。还可以把他们
比喻为沙子、碎石、土壤里的颗粒
森林里的树木、兽类、蚁族、鸟群
虎视眈眈并雁过留声
或者删繁就简,干脆就叫他们——
金山岭、八达岭、凤凰岭、摩天岭
紫荆关、嘉峪关、函谷关、剑门关……
真是这样!他们是战争的底座
大地的生土层,纪念碑上被无名无姓地
省略的部分。但却是不可或缺的
如同大地不能缺少山脉,天空不能
缺少雷霆,我们珍贵的母语不能

缺少字词的偏旁部首
我是说,当他们同神圣的兵役,同国家的召唤
组合起来,那便是军师旅团营连排班
是摧枯拉朽的序列、集团
战阵和梯队。而我骄傲,我是他们中的
一个,我同样也没有自己的名字
但当我来到金山岭,攀上它最高最险要的
那座峰顶,那座箭楼,迎着八面
来风,我最想喊出来的就是——
"起来!不愿做奴隶的人们
把我们的血肉,筑成我们新的长城
中华民族到了最危险的时候……"

五

最简单的一条真理:和平是个好东西
这是金山岭的灌木丛告诉我的
虽然金山岭几近
光秃秃的,看不见几棵高大的树木
但是北方嘛,燕赵嘛,壮士多慷慨悲歌
土地用马蹄耕耘,战争如秋风
一年年刮过来,森林、草木、庄稼
在历史长河中像蝼蚁般涌动的
人群,经得起几度砍伐?但长城不倒
憋在喉咙里的吼声不倒,江山
便也不倒。而苍天在上,饥渴的大地

你只要给它一滴雨水,一颗露珠
绿植就会从山的褶皱里,岩石的
裂隙里,像穷人一样生长
到处都是人和烈马被风霜雨雪漂白的骨头啊
到处都是瓦砾、灰烬、战争的废墟
随便刨一锄头,就能刨出箭头
马革、铁砂、弹片,依然咬得嗤嗤作响的
牙槽。因此,这些树木低矮
卑微,小心翼翼地贴地而行
多少年来,总保持匍匐的姿势,跪拜的
姿势。知不知道,它们这是向大地
致敬!向无数的冤魂致敬!
我到来的时候正是四月,是缅怀
悼念和祭奠的日子,漫山遍野的花都开了
漫山遍野颤动的白!漫山遍野
暗香浮动,仿佛有许许多多的小妮子
小媳妇,春心荡漾,正在深深浅浅
的灌木丛里,窃窃私语
金山岭又告诉我,她们都是和平的女儿
肌肤胜雪,每个人的名字都叫杏花

六

女人不哭!登上金山岭的女人更不哭
都知道长城倒过一次,传说中
唯一的仅有的一次

就是被女人哭倒的。硬汉的心有多么柔软啊
但长城倒过的那次,是它生生地撕开
自己的胸膛,就像神话中的安泰俄斯
要把心掏出来给你看
——我亲爱的姐姐、妹妹,或者女儿
当你来到金山岭,江山如画
不尽群峰滚滚来,你是否应该扑进它的怀抱
捶打它的胸膛,偿还它两千年的
宽厚和冤屈?如果这时候你还感到孤单
心里有说不出的荒凉
那是因为世道荒凉,世界荒凉
而你说,你说,当今还有什么样的男人
值得你云鬟高挽,抚肩一哭?
还有什么样的男人,不跟着流水走
跟着心里的魔鬼走,吃在碗里而看在锅里
在情侣们面前永远虚晃一枪
玩点鸡零狗碎的小把戏?
不过做男人也累也苦啊,必须去搏命
必须长出三头六臂去虎口夺食
那么请原谅他们吧,原谅他们身子单薄
心里慌张,灵魂居无定所
脚步走着走着就乱了,一次次踏空
"问世间、情是何物?直教生死相许"
这是谁的陈词滥调?什么年代
信奉的警世通言和爱情宝典?

可我知道，此公也命运多舛，他生在
元末，死在明初，埋在忻州
如今一冢高居，荒草萋萋
端的是"寂寞当年箫鼓，荒烟依旧平楚。"
所以，所以啊，为爱哭泣的女人
在此我要恭贺你了！恭贺你登上金山岭
心里还荒凉着，空着，正好可以
装下这道边墙——你看它挽弓
背剑，会当凌绝顶
在这个年代，去哪里找这样的大丈夫？

七

有游客打听：金山岭有金山吗？
这是一个问题
也是一个悖论。我应该回答有还是没有呢？
是的！大淘金的时代来临了
"山川自寇，草木自盗"
无处不在挖山、挖水、挖路、挖墓
疯狂又豪迈。掘土机轰轰隆隆地
碾过去，林木被腰斩，土地
被大卸八块，大地的腹部被安上拉链
昨天刚拉上，今天又拉开
原本清水凌凌的河流，忽然患上美尼
尔氏综合症，眩晕间歇性发作
呕吐出臭味熏天的黄疸苦汁

而天空总那样乌突突的，黄沙滚滚
太阳这个红脸宝宝，每天灰头
土脸，在混沌中爬得多么慢，多么艰难
有几次，我都看见它爬不动了
像一只落入蛛网的昆虫，浑身缠满
黏黏的蛛丝，越挣扎陷得越深
我每天早晨送儿子上学，发现风向大变
苦心孤诣的父母们开始动用
战争手段，给孩子们戴上三十层抑或
五十层口罩，有的还戴上恐怖的
防毒面具。我对自己说，我是老了
都年满花甲了，死而无憾，但请放过我们这些
娇嫩的花朵吧，他们那颗幼小的心
正像豆瓣一样打开，吐出细嫩的鹅黄
怎么能在降落露珠的时候，降落
那么多尘埃的毒，化学的毒？
但是，人们还在孜孜不倦地挖啊，挖啊
仿佛千万个愚公再世，纷纷挖倒
千年大树，百年屋宇，一副
不挖到地狱誓不罢休、不挖到世界的末日
誓不罢休的样子。听说男儿膝下有黄金
有人也打起了挖掘的主意，不惜
壮士断腕，挖自己的膝盖……
金山岭啊，你的残碑上还刻着四百年前的
碑文，柱石上仍打着两千年前的火印

是不是也在挖掘之列呢？你说
你说！你到底有金子呢，还是没有？

八

哨兵跳下城墙，他要去捞一弯月亮？
城墙下是挡马墙，一道一道
弧形的鱼鳞般的坎。此时此刻我要告诉你
当战争进行到那年那月，已是
天崩地裂，惨淡无光
一方千帆竞渡，一方万箭齐发
城下刹那间演变为屠宰场和蓄血池
死死坚守在城墙上的投枪手
炮手和弓箭手，他们同仇敌忾，血脉
偾张，指哪他打哪，席卷千军如卷席
试问谁还能在烽火箭雨中，苟且
偷安，做一条漏网之鱼？
啊，四百年过去了！野草和荆棘
疯长。是不是因为土地太深厚了，太肥沃了
埋葬了太多的骨头和血？是不是千年
一梦，我们终于等到了站在高处
大喊一声，就能让那些强盗，那些无耻的
觊觎者，双腿发软的时候？
哨兵跳下城墙，这是四百年后的一个日子
风和日丽，我认识的这个叫哨兵的人
他血气方刚，动如脱兔，当他从城头

一跃而下，就像当年推下一颗雷石
又像在饥饿中展开两扇阔大的
翅膀，从天空呼地扎下来
哺食弱小和腐烂的一只鹰
我还知道他从楚国来，说满口楚国鸟语
长着伍子胥过昭关时白去的
一头鬓发。听说在他老家洪湖，为寻找一座
城堡，一座殷商时期塌陷在水底的城堡
他一个猛子扎进水里，差一点被呛得
背过气去。他说那个叫清水堡的水下废墟
住着古人，吸纳了洪湖几千年的淤泥
他触摸到的断垣、残廊、墙基、麻石
寸草不生，挂满那个年代的
神马和浮云。他还说，他太不走运了
早些年，比他走运的人在水下
摸到了玉器，雕工精美，一眼就能认出是
宫里的东西，图案中有螭龙和夔龙
啊啊！现在我明白了，在金山岭，哨兵
跳下城墙，他是要去寻找一枚扳指

        2014 年 4 月 25 日 平安里第一稿
         2014 年 4 月 27 日 修改
         2014 年 9 月 14 日 再改

上甘岭

> 如果我们将战争扩大到中国,那将是在错误的时间,错误的地方,与错误的对手打一场错误的战争。
>
> ——美国前参谋长联席会议主席
> 四星上将布莱德利

1. 战争档案

时　间:1952年10月14日至11月25日,历时43天。

地　点:朝鲜中部金化五圣山南麓上甘岭。

参战方:联合国军(前期美7师,后期韩2师)。

　　　　中国人民志愿军(前期秦基伟15军,后期秦基伟15军、李德山12军)

死　伤:(中方统计)联合国军2.5万人;志愿军1.15万人。

指挥官:联合国军:克拉克、范弗里特、史密斯、丁一权。

　　　　中国人民志愿军:王近山、秦基伟、崔建功、李德生。

战役英文名:Battle of Triangle Hill

战役意义：①中美两军最大规模、最残酷阵地战。
②第二次世界大战后最激烈军事对抗。
③中国人民志愿军迫使联合国军停止进攻。上甘岭战役后至朝鲜战争停战，再没有发生营以上规模战斗。

2. 咽喉

战争是杀人的艺术，它最高最完美的境界
是一剑封喉

这就是那场战役的发生，并在六十年后
让我想起和试图还原的
理由？当东北亚的这座半岛再次成为世界的火药桶
战端一触即发

上甘岭。一座露天战争博物馆，展台
磅礴，赫然陈列它陡峭的天地线
被炮火大面积大尺寸
削低的高度；锈死在幽暗尘土里的
铁；还有它的荒凉、神秘和孤寂；它因长期无人问津
而被越来越深的草木掩盖的呐喊
呼吼，和骨头的断裂声，鲜血的滴答声

从那儿归来的人说，在月落星稀的夜晚

或湿漉漉总也见不到阳光的阴雨天
山顶上的争夺还在继续,枪炮声还像当年那样繁茂
和密集;当一切复归沉寂,泥土中
有人翻身,有人抽泣,有人坐在某棵大树下
反复清点失散的手指,但那张脸
血肉模糊,认不出是东方人还是西方人

我固执地认为,他不是中国人就是美国人
他们一个远渡重洋,一个在
严寒的冬天,脱下棉裤涉过
凛冽的界河,然后在这山脉淤塞的咽喉地带
展开搏斗和厮杀,把死亡像沙丁鱼般
压缩在恐怖的瞬间。但不同种族不同肤色的这些士兵啊
这些像虎豹般勇猛的人,他们
仆倒,他们死去
脚下的这片土地,没有一寸是他们自己的

3. 范弗里特将军要摊牌

旷日持久,深陷在战争泥潭而不能自拔
我猜想范弗里特将军的那颗胆
刚开始有拳头那么大,鸡蛋那么大,之后渐渐萎缩
渐渐萎缩,变得只有睾丸那么大
麦粒那么大。我是说抢在1952年大雪纷飞之前
他即将在五圣山上甘岭,向当面

中国人民志愿军第 15 军，展开的摊牌行动
狂妄中有些战战兢兢，谨慎中又有点
胆大包天。军史专家们追踪说——
这或许是一个阴谋，一个父亲在绝望之时的
利令智昏，当老范弗里特的儿子小范弗里特
一个漂亮的飞行员，被中国人
击落，葬身火海
他进攻上甘岭，是要让更多的人失去儿子

现在的形势是这样的：联合国军美 7 师
与志愿军第 15 军第 45 师
在上甘岭虎踞龙盘，壁垒森严，就像两座即将相撞的山
突然凝固，彼此听得见对方的打鼾声
磨牙声，和梦里的霍霍磨刀声
但志愿军控制的狙击岭高地（中方称 537.7
高地）和三角山高地（中方称 597.9 高地）
就像两把尖刀，闪亮，锋利
狠狠插入美国人的咽喉
让他们疼得咽不下去，又吐不出来
而在某个早晨或某个夜晚，范弗里特将军
恼羞成怒，他一咬牙，一跺脚
哗啦啦调集 16 个炮兵连的 1300 门大炮，170 辆
坦克，50 架 B-26 轰炸机，决定
放手一搏。"克拉克将军，一台小小的

外科手术。"他这样信誓旦旦又稳操胜券地
对他的上司说:"我只用一个营的兵力
把共军逼退 1250 码。仅此
而已。
不过,这也够中国人喝一壶了。"

范弗里特将军还对克拉克将军提到了伤亡
这是不可回避的。"200 名怎么样?"
他说:"我保证,不可能再多了,也不可能再少。"
那种不容置疑的样子,就像他即将召开的
那场新闻发布兼冷餐会,必须
聘请 200 名战地记者,购买 200 公斤葡萄酒
200 只火鸡(将军们总是如此,战斗在即
士兵的生死对他们来说,只是一串数字)

4. 美国兵
刘易斯或者威廉斯,在麦坚利堡大理石的墓碑上
我们读到过这些名字
而在 1952 年 10 月 14 日前夜,他们是
明明灭灭的一颗颗星,在上甘岭
美军一侧的树林里
闪烁。永远一副玩世不恭的样子,那些来自佛罗里达州
或亚利桑那州的白人和黑人
小伙子,歪戴着帽子

嘴里嚼着口香糖,把子弹上膛的卡宾枪像烧火棍那样
斜靠在肩膀上,正在热烈谈论着加利福尼亚
的风光,科罗拉多大峡谷的景色
抑或胜利日那天
在圣地亚哥,水兵们像鱼那样游上岸来
把手捧鲜花的姑娘仰面朝天地
按在怀里,狂热亲吻;风掀起她们的白裙子
有如墨绿色摇曳的荷叶,托出
一朵朵粉红色的花
也有人背囊里装着美人画片和避孕套
把钢盔倒扣在地上,坐在那儿
慢悠悠抽烟,在心里盘算着
打完这一仗,该去
汉城的哪家妓院,度过即将到来的圣诞

炮火覆盖后向高地发起冲击,这是他们
天亮后要干的事儿,但在他们心里
那不过是一次狩猎
如同过去的某个假日,在犹他州或缅因州,带上面包
奶酪、睡袋、女人,和皮毛油黑
发亮的拉布拉多犬
在原野或树林里,快乐地追一只兔子

5. 如鸟飞翔

他感到他飞了起来；他感到他抱紧的头颅
他蜷缩成一团的身体，他身体里的
肌肉、骨头和血，也跟着飞了起来
就像在操场上听见哨音
欢呼雀跃着，突然跑散的一群孩子

黎明的天空是被漫天呼啸的橘红色火焰
像撕一匹白绸缎那样，陡然撕开的
山那边万炮齐轰！——那是些
大口径重炮，装填雷霆、闪电和风暴
嗓子粗得像山崩地裂；一溜儿排在伪装网里的坦克炮
也高高昂起，它们笨重的身躯爬不上陡坡
和悬崖，可司令官现在只要这些战争的
庞然大物，披坚执锐，摧枯拉朽
用它们力大无比的穿甲弹、破甲弹、碎甲弹
和榴弹，加入雷霆和火焰的合唱
现在大地像一面巨大的鼓，被一支支难以想象的
重槌，几千次，几万次，甚至
几十万次地，擂响——轰隆隆
轰隆隆、轰隆隆、轰隆隆
轰隆隆……这时所有的耳朵，都有一种
声音被扑灭后，突然失重的感觉
所有在附近站立或行走的人

都像热锅里的豆子,被炒得蹦蹦跳跳

弹着点的爆炸声连成一片;弹着点的爆炸声
纵横交错,排山倒海,密不透风
弹着点的爆炸声,是火药
在爆裂,钢铁紧密的躯体,在瞬间解体
火焰的翅膀携带着破碎的弹片
滚烫而锋利的弹片,像鸟一样,闪电一样,光一样
飞。当然当然,弹着点的爆炸声
在众人仰望的山的高处,在硝烟滚滚的山的
接合部、突出部和回旋部
而山上什么情况?正发生什么事情?
当那儿蝙蝠纷飞,此起彼伏的爆炸掀起的火光
和热浪,彼此淹没和覆盖;当呼哨一样
刮过山巅的B-26轰炸机,火上
浇油,投下一枚枚重磅汽油燃烧弹
并由此织成一张熊熊燃烧的火焰的网,一场
火焰的狂飙,火焰的海啸;当地狱在轰隆
轰隆的爆炸声中,噼剥噼剥的
燃烧声中,猝然打开一扇又一扇门……

他感到他飞了起来,像鸟儿那样飞起来
他感到从他的身体里,扑棱扑棱
扑棱扑棱,飞出来一只鸟

一群鸟:它们穿过火焰、硝烟和愤怒翻滚的云团
一路发出悲愤而绝望的鸣叫
之后沿着相反的方向,一根白羽毛
飘飘扬扬,像一朵雪花重临大地

那么,他是谁?他走了多么远的路
来到这里?有着怎样的生离死别,悲欢离合?
请原谅我说不出来
虽然我听出了他的口音,知道他在
异国他乡,像庄稼那样,眷恋着故乡的
老屋、水井,和在水井边汲水的情人

6. 一个死者的独白

漫上高地的那一刻,我们才发现
美利坚的傲慢与偏见
还有它武装到牙齿的
炮兵和坦克兵,仅仅充当开山放炮的角色
当我们在雷霆和火焰中穿梭,眼睛
被璀璨的光,一次次刺瞎
哦哦哦,这时候我已经分不清谁是
骄傲的猎人,谁是可怜的猎物
而岩石崩溃,山的高度被雨点般倾泻的
炮弹,反复涂抹和改写
从断崖到断崖,是一片红色沼泽

我说不出那种红,也说不出脚下几米深的
尘土,如何缠住两条紧张跋涉
的腿。我只知道我们的战场
其实也是我们的坟场,死水的气息扑面而来

啊,啊,你看见了吗?在山顶上隆重
迎接我们的,或者用将军的话说
款待我们的,那些用荷兰的郁金香
法国普鲁旺斯的马鞭草
和熏衣草,像编织斑斓的春天那样
编织的花环呢?
还有砰的一声,像打开一道喷泉
一道彩虹的,那些产自维也纳或慕尼黑的
香槟酒呢?当然还有战地记者们按亮的
闪闪烁烁的镁光灯——在记忆中
他们的鼻子总是比狗还灵,比工兵营那些
探雷器的探头,还灵
每逢重大战事,比如——我是说比如——
我们如愿占领了狙击岭和三角山两座高地
他们一定会呼啸而来,把自己
当成一粒金黄的,脱膛而出的子弹

啊啊!真正在山顶上迎接我们,款待我们的

是死亡！是中弹后痛不欲生的嚎叫
是侥幸活下来的惊魂未定
是生不如死的恐惧、惊慌，和从此永远无法挣脱的
梦魇。具体地说，在山顶上迎接我们的
款待我们的，是脸膛被滚滚烟尘
熏得油光斑驳，只露出两只眼睛在骨碌碌滚动的
中国士兵，他们纷纷从尘土中，从废烟
升腾的堑壕里，一跃而起
同时用咆哮的苏制冲锋枪和转盘机枪
哒哒哒哒，哒哒哒哒……打开
一道道死亡的扇面。那种居高临下的
横扫、洞穿和屠戮，就像秋天到了
一把把磨得星光闪耀的
镰刀，打开了它们锋利的刀刃
在麦地开始凶猛地刈割，刈割、刈割……

像山峦崩裂，河水倒流，一股股血
迅速从我们的眉心，我们的脖颈
我们的胸膛、下腹和四肢，我们身体的各个部位
涌出来，射出来，甚至像打开的
高压水龙头那样，喷出来
然后，我们呈各种姿势倒下，缓缓倒下
再层层叠叠地交缠，堆积
层层叠叠地垒筑起高地的另一种海拔

最可怕最惊天动地的，是绝地反击
赤身肉搏，是死里夺路的刀刀见血
相互抢夺死亡的渡口
此时，他们中垂死一搏的一个，或者孤立无援
再不准备活下去的一个，会突然从尸堆里
跳出来，扑上来，像野兽一样
掐住我们的脖子，咬住我们的耳朵或喉管
再或者拦腰抱住我们中步步后退的一个
摔打，撕咬，轰轰烈烈地
滚下悬崖；更多的是拉响手雷和爆破筒
让互相间搂在一起，撕也撕不开
的身体，光芒一闪，犹如
灿烂的，在节日的夜空绽开的礼花

当黑夜来临，山冈出现暂时的寂静
同伴们相互搀扶着爬起来
但谁也认不出我的脚印，我们的脚印

我们就忠实地留在这里，怅望这山
怅望这断崖，怅望这波动如潮水的泥沼
我知道明年从这里长出来的
第一蓬青草，必定起自我的骨节

7. 坑道！坑道！

范弗里特将军感到奇耻大辱，感到他
一世的英名被一时的愚蠢
无情欺骗和嘲弄了。怎么可能呢？
他想，怎么可能呢？仅仅只有3.7平方公里的两座高地
他以每秒六发炮弹的频率，狂轰滥炸
把那里的每块岩石，每棵树木
甚至每根草，都掀翻了
甚至这酷烈的钢铁之火，野兽之火
天堂之火，把两座高地上的
每块碎石，每粒土，土里的每只蚂蚱
每条蚯蚓，都火烤了一遍
油烹了一遍，怎么可能还有人活下来？
他们到底藏在上帝的哪一道
石缝里，长着
怎样的一颗脑袋，怎样的三头六臂？

"半座山都被掏空了！"死里逃生的刘易斯
或威廉斯，向将军揭开这个秘密
他顿时有些恍惚，有些蒙
喉咙里呼噜呼噜的，好像突然被堵塞的
下水道；前胸和后背也凉飕飕的
仿佛整个人突然被剥光了，晾晒在光天化日之下
虽然将军有预感，他觉得对方的武器那么

简陋,着装那么单薄,兵员
也征集得那么匆忙,甚至没有接受
最基本的训练。尤其他们的后方,他们的火车
和汽车,如同靶子,赤条条地暴露在联合国军的轰炸和射程
之内。仿佛从天空落下的一滴稍大的雨
就能把它们砸进尘土里
但是,当他们在高地驻扎下来,怎么可能成为
山的一部分,岩石和土壤的一部分
成为群峰之上的群峰?仿佛
他们作为山的魂魄,融化在
山的血液和骨骼里,山的心跳和呼吸中

现在他知道了!现在他知道这些瘦弱的
矮小的,黄皮肤的中国人
他们像猴子一样灵巧,虎豹一样勇猛
有时又甘愿做一只笨鸟,在暴风雨来临之前
一次次,一遍遍,反反复复地飞
就像战事还未爆发时,他们一锤一钎
一砂一石,竟把高地花岗岩
和石灰岩的腹腔,日复一日,点点滴滴
掏空了。是的!现在他知道了,现在他终于知道了
他骄傲的美利坚,他们号称无坚不摧的
飞机、大炮、坦克、卡宾枪和火焰喷射器
遇上了更骄傲,更坚不可摧的

一群人：他们简单、粗糙、坚忍，曲体在岩石中
藏身，就像水藏在水里，火藏在火中

8. 没有姓名牌的军队
放下久久举着的望远镜，他不易察觉地
笑了一下。不经意蠕动的两片嘴唇
嘟囔着，含含糊糊地漏出几个字
不过他的笑，是苍凉的，有那么点愤懑
酸楚，凄苦，和无可奈何
而长久跟在他身边的人，听出了他
含含糊糊地漏出的几个字，带着他难以更改的
红安口音，而且是不怎么洁净的词

自称文明世界的人，他想，他们是
多么野蛮和残忍啊！依恃着
轰炸机、坦克履带、大口径火炮
从天空至大地制造碾压之姿，仿佛我们是一群
懦弱的，孤苦无助的蚂蚁
蜉蝣和飞蛾；而他们付出的代价
只不过在白衬衣的领子上，溅上我们的
几滴血。那么来吧，来吧，
就冲着我们的胸膛来，冲着我们扼守的
597.9 和 537.7 两座高地来
问题是，你们是否长出了这样一副好牙？

放下久久举着的望远镜,他悬着的心又
一阵抽搐,传来无法言说的疼
他想起了他布置在高地上的那两个连队,那两个加强连
想起了那些他亲如儿子的
士兵,现在他们在战斗
在生命的悬崖苦苦攀登、坚守和困兽
犹斗,每时每刻都有人坠落,流尽最后的一滴血
而他熟悉他们,就像熟悉脚下的泥土
熟悉自己两个巴掌上的十根手指
他知道他们像牛一样憨厚
诚实,忍辱负重,在烈日下给他一滴水
就能活来;在岩石中给他一道缝隙,就能扎根
萌芽,像手掌一样打开两片嫩叶
他知道这些农民的儿子,穷人的儿子,他们
从田野走来,信奉以牙还牙以命夺命
的哲学。与他几年前,十几年前
一模一样。因为他也是一个农民的儿子,穷人的儿子
一个地地道道的农民,他的肠胃里
胆囊里,至今还残存着故乡的水土。如果打个嗝
依然能打出红苕的味道。甚至,自从离开
长江边那片红土地,他南征北战,出生
入生,但至今还记得家里的
那把铜齿钥匙,放在门边的第几个砖洞里

因此，因此啊，当他的连队，他儿子般的
那些士兵，在那么高
那么狭窄，炮火又那么猛烈的阵地上
拼命夺命搏命；他知道他要做的
便是号令三军，把穿过风雨的旗帜，插到山顶上去
把一个军团赤诚的血，洒到山顶上去

像对方的官兵那样，脖子上挂一块姓名牌
那是七十多年以后的事了（连他
自己的都无缘见识）
而我们一支落后几十年的军队，一支
土地的军队，农民的军队
此时由他们的将军——他的名字叫秦基伟——
带领，勇敢地去战斗，去赴汤蹈火
那种对决——在中国，叫针尖对麦芒
在世界，叫火星撞地球

9. 山头鼓角相闻

3.7平方公里的两座高地，崔嵬，奇崛
风雷激荡。我们看见的是一只
巨大的，被高高举起，燃烧着
滔天火焰的大鼎。士兵们就在这只被烧红的大鼎里
翻滚，跳跃，匍匐前进

反复争夺战争的制高点，反复地
你死我活。脚下的尘土滚烫，松软，混合着
残损的铁，破碎的岩石，怆然散落的
断臂、残肢，以及暗哑的
呐喊、怒吼和呻吟；双方炮兵应和前方的
呼唤，你来我往地压制
与反压制，让一堵堵原本岌岌可危的
生命的墙，在轰轰隆隆中，加速倾斜和倒塌
空气里飘满刺鼻的硫磺味与血腥味

即使龟缩在用钢筋水泥浇筑的坚固
地堡里，如美军；抑或凭借坑道
昼伏夜出，像割断一茎茎草那样割断对方的呼吸
如志愿军；但主阵地的互换总是在
须臾之间，总那么频繁、血腥、惨烈
因此，死亡在频频提速，像夏日
骤升的水银柱，秋天渐渐丰盈的谷堆

数据是枯燥的，但累计这些数字，如果是
生命呢？再如果这些生命，时时刻刻
都像秋天的落叶，在狂风中
一片片飘零呢？比如，在三十公里战线上
仅对付上甘岭，我们的597.9和537.7两座高地
他们就动用了300门大炮

27辆坦克、40架来回府冲的轰炸机
已经和将要落入两座高地的
炮弹、航弹和凝固汽油燃烧弹,达190万发

再如志愿军一方,第一天战斗至黄昏
战前于坑道储备的弹药消耗殆尽
共发射子弹40万发,投掷手榴弹、手雷10000枚
另因卡壳和枪管打红而报废的
枪支,包括苏式转盘机关枪10挺
冲锋枪62支,步枪90支……

"山头鼓角相闻"就是说,山顶上的
生存与毁灭,就看谁能挺过致命一击

10. 38个黄继光

借助夜色,猫着腰,作为第二梯队临时补充
上来的一个兵,他踩着滚烫的焦土
一步步前行
同时,他也在一步步走完他的烈士之旅

他是个勤杂兵,端水扫地跑腿那种
老兵眼里受宠的小兄弟
而目前的战况是:第一梯队被打瘫了
打残了,第二梯队只剩下他们这些送信的、剃头的、做饭的

当他们第 130 次,或第 289 次(最终的数字
是第 900 次)从坑道突入表面阵地
他们从身体里掏出了誓词
掏出了忠诚和胆魄
最后只剩下慷慨一死,掏自己的命了

子弹从美国人的地堡里像大雨那样泼过来
他们借助凶猛的炮火
在刚抢占的阵地,如同抢种庄稼那样种植的地堡
以纵横交错的火力网,让你插翅难飞

前几个人倒在了冲击的路上。他被命令
带领两个兵,炸掉那些地堡
他说是!三个人像三支箭那样射出去
那两个兵分别叫吴三羊和肖登良
他们交替掩护,都像他那样
猫着腰,一步步前行
一座地堡被炸掉了;又一座地堡被炸掉了
这时,他们的身影出现在第三座地堡里像眼镜蛇
那样高高探起的夜视镜里
但他们毫无察觉,他们继续猫着腰
继续向他们认准的目标挺进
哒哒、哒哒、哒哒……地堡里三个
精准的点射

吴三羊仰面倒下,肖登良的胸膛
被一颗子弹钉在焦土中
再也挪不动了
猩红的血,像河水一样哗啦哗啦流淌

这些他都看在眼里。他还看见一束光
嗖的一下,钻进了自己的胸膛
他一阵战栗,黏稠的血涌了出来
把胸前的制服和弹袋,身体下的那一片浮尘
染红了。脑海里传来溺水般的晕眩
喉咙也喘不过气来,他知道
一道门就要关闭了,一把锁就要锈死了

但他的思维还那么清晰,还没有像他的
身体,熬到了油尽灯枯的时候
他清晰地意识到,他们战斗小组三个人的任务
现在落在了他一个人身上;他必须代替
吴三洋和肖登良,代替死在他前面
的所有人,顽强地活下去
把他们想做的事做完,然后去追赶他们
和他们在另一个世界团聚,重做一支部队的兄弟
想到这里,一阵困倦袭来,他拼命
摇了摇头,把自己摇醒
他知道自己一旦闭上眼睛,一旦睡过去

就永远不会醒来了。因此他命令自己振作起来
挺住,拿出吃奶的力气,向前爬

后来的事我们都知道了;后来,他趁自己的血
还未流干,艰难地爬啊,爬啊
往那座地堡的射击死角爬
然后他纵身一扑
用残损的身体,堵住了那根咆哮的枪管

是的,他就是后来家喻户晓的英雄黄继光
志愿军第 15 军第 45 师 135 团 9 连通讯员
四川中江人,1931 年 1 月 8 日出生
1952 年 10 月 19 日壮烈殉国
我还应该告诉你,黄继光是上甘岭战役 38 个
与敌人同归于尽的烈士中的一个
当然,他不是第一个,也不是最后一个

11. 一个苹果

现在让我们把镜头对准坑道,对准坑道的
逼仄、阴沉、潮湿;对准壮士们的嘴唇
因焦渴而爆出的一粒粒血;对准伤员们因得不到救治
而吐出的最后一朵白沫;对准山那边联合国军
疯狂炮击时,坑道里地动山摇的轰鸣
震荡,和头痛欲裂;再对准一个十七岁士兵

看大汗淋漓中,他的命,怎么被活活震碎

在花岗岩和石灰岩内部凿通的坑道
是用来屯兵、屯粮、屯一切
战争物资的;现在被迫用来囤积饥渴、疼痛,死亡
和战争的野蛮与惨烈。想想吧,电话线
被炸断了,补给线也被炸断了
对峙变得近在咫尺:占领表面阵地的美国人
(后来是韩国人)孜孜不倦,开始在
坑道的顶部,凿眼放炮
后来又在坑道两端,用火烧,用毒气熏
如同对付一窝地鼠
而我们的官兵,在一次次忍受饥饿
一次次舔过岩壁的水渍水痕
之后,仍然扑不灭喉咙里和舌尖上腾起的烈火
这时,一个苹果,将带来怎样的惊喜?

就是一个苹果!它是 8000 名运输官兵
擦过 B-26 像刀刃般俯冲的机翼
穿过冰雹般倾泻的炮火
送上来的。请注视他们负重蹒跚的背影——
8000 条生命,一个个弯成一张弓
背上压着枪、子弹、急救包、炒面、水
罐头、压缩饼干、擦屁股的卫生纸

用来止渴的萝卜、苹果……拉开一道长长的蜿蜒起伏的散兵线
在云雾缠绕的山峦中，那种阵势
像不像8000只艰难蠕动的蚂蚁，8000只
细小的嗡嗡飞翔的蜜蜂
为一粒米，一小口蜜，鱼贯而行？
而战争是一头沉重的大象，一条暴烈的大河
当这头大象柱子般粗重的腿，嘭咚嘭咚
踩过来；这条河流汹涌澎湃的浪
哗啦哗啦打过来
一只蚂蚁，或一只蜜蜂
将承受怎样艰难的生？怎样悲惨的死？

这个战地新闻和黑白胶片反复歌唱过的苹果啊
你应该知道，它是从30000斤苹果中
被送上甘岭的唯一
一个苹果
捧在手里，你的心假如是一道钢筋水泥修筑的大坝
你说，你能否阻止它崩溃？

12. 像给灯添油一样

我不敢省略这撕心裂肺的一笔
动人心魄的一笔
否则，我会感到我在犯罪——

在上甘岭,子弹要节省;食物要节省
水要节省;蜡烛要节省;救死扶伤的
药品和纱布,要节省;战友牺牲时悲恸的泪水
要节省;吞咽压缩饼干和脱水干菜
的速度,要节省。必不
可少的死亡及死亡时间,也要节省

是因为战争太剧烈了!死伤如流水太迅猛
太湍急了!先一个连,一个营
再是一个团,再再是一个师
而现在,已经没有那么多的人去死,去被乌鸦般
飞来的弹片,砍断一条腿或一只胳膊
被飞溅起来的岩石碎片,击瞎一只
或一双眼睛;被凝固汽油弹腾起的烈焰
在瞬间,烧成一截截让战友们
悲伤的,仍会说话和动弹的焦炭……

正是这样,他们创造了"添油战术"
就像为寺庙点燃长明灯,每次往前沿哨位派去三个兵
不能多也不能少
牺牲了再派三个,牺牲了再派三个

再再牺牲了,再再派三个,派三个……

13. 将军和警卫连

将军不看他；将军始终在看石壁上的地图

在等待作战室的电话响过后

参谋们向他报告战况。诸如坑道里

此刻还有多少有生力量

多少伤员？有多少个阵地失而复得

得而复失？诸如我们的炮兵阵地

是否隐蔽？是否能及时转移？

是否扛得住联合国军的飞机突然到来的轰炸？

是的，他现在常常说"我们的炮兵"

语气中流露出欢欣、钦佩

自豪和由衷的赞叹；也流露出他作为一军之长

对战局，还算游刃有余的掌控

因为"我们的炮兵"，其实是志愿军的

炮兵，毛泽东、彭德怀的炮兵

现在他们聚集在他的麾下，由44门重炮

一个喀秋莎炮团组成。而且现在

他们同样能把猛烈的炮火，稳准狠地

打到高地上去；同样也能

让美国人，让联合国军的士兵，像鸟那样飞

将军还在看地图，不看他，也不理他

这是因为将军知道他还站在那儿

因为将军知道，只要他不下命令

他就会一直这样笔挺地站着
不声不响，不摇不晃，不亢不卑
就像一棵树长在那儿，一枚钉子钉在那儿

他叫王虏，太行山的儿子，当然也是
一个中国北方农民的儿子
将军记得那是1942年或者1943年
抗战后期，他的部队散落在晋西和冀东
撬鬼子的铁路，炸鬼子的炮楼
捎带着，把他从山村的土旮旯里
像挖土豆那样挖出来
此后他当了将军的卫士，也就是警卫员
一直跟着将军，为他牵扯马引蹬
他与将军形影不离，既互为
镜子，又互为影子
将军的语言到哪，有时一刹那的闪念到哪
他就会出现在哪里，像一棵树那样
长在哪儿，像一枚钉子那样
钉在哪儿。而他更愿意是将军肚子里的
一条蛔虫，每次把将军吃剩的
思想、智慧，还有和士兵一样粗糙的食物
再咀嚼一遍，然后融化在血液里

五六年过去，五六年跟随将军从战争中走来

现在他是将军警卫连的指导员
也可以说,是将军卫队的
卫队长,依然日日夜夜,在坑道口
在将军睡梦的边缘,守着将军
因而他比谁都知道,将军的部队不够用了
将军的士兵尸横遍野地躺在
上甘岭的高地上,这让将军耿耿难眠
夜夜翻身像翻动一座山冈
因此他对将军说,"让我带着警卫连上吧!"
说完便站在将军身后,不动
像一棵树那样长在
那儿,像一枚钉子那样钉在那儿

许多天又许多天后,将军终于回过头来
走到他面前,抬起双手
用力地拍在他的肩膀上
然后,找准他的锁骨,重重掐了他一下

这天下午,上甘岭我537.7和597.9高地
打来电话报告说:军部警卫连96名官兵
到达主坑道24名
指导员王虏等在敌拦阻炮火中,光荣牺牲

一颗硕大而浑浊的泪

从将军的眼睛里,夺眶而出

14. 比钢铁更坚硬的
"欲壑难平,吞噬钢铁火药;城市乡村
士兵们生龙活虎的
生命
噢,战争!你究竟长着一个什么样的胃?"

如果范弗里特将军是诗人,如果他习惯地
在随身带着的笔记本上,匆忙
而潦草地写下这样的诗句
我想,他那颗苍老的心,一定无比的悲凉

战争打了十二天。十二天的战争神使鬼差
把一场营规模的战斗,打成了一场
战役,而且暂时没有休战的迹象
但在这十二天中,美7师的九个步兵营
齐整满员地投进去八个
可怕的是,刚投进去一个,就被打瘫打残了
再投进去一个,又被打瘫打残了
眼看一个师只剩下一副骨架,一副瘦骨嶙峋
风雨飘摇的骨架。仿佛上甘岭深藏着一个
巨大的,总也填不满的漏洞
仿佛这个漏洞,直通不算远的马里亚纳海渊

而战场依然在咆哮,依然张开
血盆大口,等待他继续填进去千军万马

在说不出的郁闷和懊恼中,脑海里
灵光一现
范弗里特将军想到把美军撤回去
把韩军换上来。虽然这是一个将被联合国军普遍怀疑
诟病,甚至嘲讽的方案
但他豁出去了,他觉得,这是他必须
承担的风险、偿还的罪孽,哪怕走上军事法庭
因为在这十二天中,他看到了
太多的血,太多的包括他儿子小范弗里特
在内的,美国士兵的血
而且这些血,这些血,由臆想中的
涓涓细流,渐渐变得浩浩荡荡
惊涛拍岸,就像巍峨的一座座大坝坍塌了

美利坚的儿子啊,蓝眼睛高鼻梁
英俊又伟岸,如果回到安第斯山或洛基山
戴一顶巴拿马草帽,威风凛凛
哪一个不是好骑手,好男人,让女人们沉醉
疯狂,爱得死去活来?可现在他们在流血
在汨汨地流,哗哗地流,止也止
不住。那战死沙场的,不是几个

十几个,或者几十个,也不是预案中的 200 个
而是 2000 个,甚至 20000 个……

是啊!必须把拳头收回来了;必须痛定
思痛,拯救大兵瑞恩和泰迪
拯救刘易斯和威廉斯,并让他们喘息
休整、疗伤,从噩梦中醒来;还必须忍受
暂时的痛苦和屈辱,重新审视
山那边的这个对手,那些不可思议的
中国人,比如他们的顽强,他们的
前赴后继,他们不要命地以命搏命,以命夺命
他们过去年代经历的苦难与贫穷
屈辱和悲愤;他们比钢铁更坚硬的意志
他们面黄肌瘦的身体里
隐藏的剽悍和决绝,他们随时迸发的英勇
渐至他们能消化沙子和稻草
的胃,他们的骨密度和骨头中磷和钙
的含量;他们的喜怒哀乐
他们的世界观、价值观,还有人生观

是的,比钢铁更坚硬的,是一种精神
它漫漫潨潨,绵延不绝
如同在那片古老的东方大地上
从容不迫,永远奔腾不息的黄河、长江

15. 板门店

你现在看到的是战争的一个休止符
听到的是一首战争挽歌低音区里的
无歌词混声伴唱
如果把它还原为东北亚的咽喉
这所孤零零存在了六十年的
老房子，应该是它上下滑动的喉结

多年后，这个咽喉上的扁桃体仍在发炎
与咽喉紧密相连的呼吸道
也不时红肿，溃疡，就像战争过去六十多年了
仍然有无名氏的遗骨，在挖掘机
挖开的地方，峥嵘
裸露，让流血的往事再次凸现出来

而写在纸上的协定总在提醒我们
战争是一座活火山
它暂时的休眠
只是在等待下一次更猛烈地喷发

2017 年 4 月 1 日——29 日 北京
2017 年 5 月 10 日 北京再次梳理

代后记 | 回望一场战争

突然想到上甘岭，想到东北亚的这场远去的战役曾是何等的惨烈，何等的吊诡和波澜壮阔。有消息说，国外的军事学院纷纷把它作为经典战例，郑重地列入教科书，因此想，我们作为战争一方，打得那么悲壮，那么惊天动地，怎么可以熟视无睹、等闲视之呢？又听说在西方的文献中，还有上甘岭战役的专属词组——Battle of Triangle Hill，马上键入百度进行搜索，果然，关于上甘岭战役的各种信息蜂拥而至，铺天盖地。

　　上甘岭战役是二战以来最典型、最残酷、规模也最宏大的一场阵地战，今天回头看，已是空前绝后。因为由西方十多个国家组成的联合国军，在飞机、大炮的配合下，向上甘岭中国人民志愿军的两座高地，发起一次次疯狂进攻；中国人民志愿军也在己方炮火的配合下，对联合国军发起一次次反进攻。阵地几十次易手。在相互攻防中，血肉横飞，日月无光。林彪听过战报，称上甘岭为"血磨子"。但上甘岭战役之后，精确制导横空出世，士兵在战场上冒着敌人的炮火冲锋和反冲锋的战争方式逐渐销声匿迹。

　　中美两军在第三国拉开架势，展开一场气吞山河的正面大搏斗，这是第一次。战役初期，美国人用武装到牙齿的重炮、坦克、战略轰炸机和火焰喷射器，企图一举夺取志愿军的那两座高地，但遭到没有空中支援、武器也相对落后的中国军队的迎头痛击——他们勇往直前，以命夺命，用舍生忘死的献身精神，在不足四平方公里的战场上，把一场不对称的战争打得难解难分，不相上下。历经十二天日夜激战，率先投入战场的美7师被打瘫打残，被迫退出战场。这标志着伴随新中国诞生而站起来的中国人，不惧怕任何对手，即使强大如美军，从我们身上也占不到什么便宜。而在世界战争的舞台上，以志愿军出现的中国人民解放军，从此一战成名。

水无常形，兵无常势。美国驻韩联合国军地面部队司令范弗里特将军对上甘岭发起"摊牌行动"时，原定只投入美7师一个营。但战争打起来就由不得他了，最终他们不仅动用了美7师九个营中的八个营，而且追加投入了韩2师。中国人民志愿军除第15军全部投入外，还投入第12军由当时的副军长李德生率领的一个师。换句话说，在上甘岭，中美两军把一场原本规模不大的小战斗，打成了一场震惊世界的大战役。

曾担任联合国军总司令的李奇微对朝鲜战争说过一段有意思的话，今天读来别有趣味。他说："要不是我们拥有强大的火力，经常得到近距离空中支援，并且牢牢控制着海域，中国人可能已经把我们压垮了。"以联合国军总司令的名义在《朝鲜战争停战协议》上签字的克拉克说："这协定暂时停止了（我虔诚地希望它永久终止了）那个不幸半岛上的战争。对我来说，这亦是我四十年戎马生涯的结束。它是我军事经历中最高的一个职位，但是它没有光荣。在执行我政府的训令中，我获得了一次不值得羡慕的荣誉，那就是我成了历史上签订没有胜利的停战条约的第一位美国陆军司令官。我感到一种失望的痛苦。我想，我的前任麦克阿瑟与李奇微两位将军一定具有同感。"

把一场战争写进诗歌，或者为一场战争写一首诗，前人早这么干过。我和梁梁先生曾经主编反映第一次世界大战和第二次世界大战的外国现代战争诗集《我和死亡有一个约会》，便收入了二十二个诺贝尔奖获奖诗人写的战争诗。有趣的是，在世界文学界享有盛名的大作家博尔赫斯，对诗歌创作情有独钟，而在他最得意的诗作中，战争诗是最精彩的部分。美国著名诗人沃伦，还曾为美军在二战结束时向日本广岛投掷原子弹，发起致命的核攻击，写过一首可被称为"非虚构"的著名长诗，那首诗的名字叫《新黎明》。

坦率地说，我写作长诗《上甘岭》，并把这首诗作为我这本军旅诗选《金盔》的压卷之作，绝非心血来潮，而是希望以诗歌为触须和媒介，对那场惊心动魄的战争，对中美两军唯一的一次战场大对决，对当下的国际政治、未来的战争格局，还有对我军所走过的路及在未来战争中的姿态，做出自己的判断，发出自己有可能被朋友们批评为超出诗歌领域的声音。你可以说我天真、幼稚、不自量力，但我认为，一个诗人的心胸理应更大一些，理应有一定的纵深感；跳起来，也应该更加强劲，更有力量。面对当下这个瞬息万变的大时代，如果我们的诗歌甘于沉默，或者只满足于抒发个人内心的孤傲和小情调，可能难逃局促和苍白的命运。

最后我要说：我这本军旅诗选集，正值我军有史以来最严军改，我先后工作过的解放军文艺出版社和解放军出版社同时被摘牌之际，由北岳文艺出版社出版，是一件至少对我来说意义非凡的事，因此让我感慨万端。我由衷地钦佩北岳文艺出版社对军事文学的主动担当精神和出版魄力。我知道，曾经以巍巍太行拥抱和哺育过我们这支军队的山西，对我们这支军队有着非常特殊的情感；以包括太行山脉在内命名的北岳文艺出版社和责任编辑刘文飞先生，既责任自重，又独具慧眼，他们对军队作家，尤其对正在成长、未来将担当重任的军队新生代作家，已经而且正在给予极大关注和支持。毫无疑问，历史将证明，他们这种自我担当精神和出版魄力，天地可鉴，功德无量。

刘立云

1954年生,江西井冈山人。1972年入伍。
1982年毕业于江西大学哲学系。中国作家协会会员。
曾获全军新作品特别奖、中宣部"五个一工程"奖、《诗刊》"2008年度全国优秀诗人"奖、《人民文学》优秀作品奖、闻一多诗歌奖、鲁迅文学奖等。

代表作品

诗集
《红杜鹃,紫杜鹃》
《红色沼泽》
《黑罂粟》
《沿火焰上升》
《向天堂的蝴蝶》
《烤蓝》
《生命中最美的部分》
长篇纪实小说
《瞳人》
长篇纪实文学
《1949:净化大上海》
《血满弓刀》
《莫斯科落日》

金盔——刘立云诗选 1986—2019

出 品 人	续小强	选题策划	刘文飞	责任编辑	刘文飞
复　　审	陈学清	终　　审	贾晋仁	书籍设计	张永文
印装监制	巩　璠	项目运营	有度文化·刘文飞工作室		

投稿邮箱｜liuwenfei0223@163.com

微　　博｜http://weibo.com/liuwenfei0223　　微信公众号｜txsk2013_